Etoile

Marie-Claude Pietragalla

Etoile

tome 1 : En piste !

Sur une idée d'Olivia de Dieuleveult
et avec la collaboration de Kidi Bebey

Michel Lafon

118, avenue Achille-Peretti – CS 70024
92521 Neuilly-sur-Seine Cedex

www.lire-en-serie.com

Dès son plus jeune âge.
Marie sait qu'elle veut danser.
Elle va vivre sa passion pour
la Danse, dans l'une des plus
belles institutions françaises,
l'Opéra de Paris.
L'apprentissage sera long, mais
la route est belle, parsemée de
rencontres, d'aventures et d'émotion.
Très bonne lecture.

M C Pietragalla

1

Toute frissonnante dans son manteau trop léger pour la saison, Marie craignait d'attraper froid. Elle n'avait enfilé qu'un cache-cœur par-dessus son justaucorps et des guêtres sur son collant – un équipement insuffisant qui lui faisait regretter de ne pas être plus couverte. On n'était qu'au début de septembre, mais l'automne était arrivé sans prévenir, le souffle froid du vent dénudant les arbres du jour au lendemain. Marie enviait un peu toutes les filles qui, autour d'elle, avaient eu la prudence de mettre un manteau épais, et même pour certaines des gants et une écharpe. Elle aurait dû garder ses vêtements de ville et se changer seulement ensuite. Mais comment aurait-elle pu savoir comment les choses allaient se dérouler ?

« J'aurai sans doute le temps de me réchauffer au vestiaire », se rassura-t-elle.

Elle jeta un coup d'œil à la ronde. Des dizaines de visages l'entouraient. Des dizaines de fillettes qui se ressemblaient : long cou, chevelure ramenée en chignon haut sur la tête et maintenue par un bandeau. Debout auprès d'elle, sa mère se désolait.

– Ma chérie, excuse-moi. J'aurais dû me renseigner pour ta coiffure… Je ne savais pas, mais j'aurais dû deviner…

Au milieu de cette foule de têtes presque identiques, Marie détonnait un peu avec ses cheveux très noirs et son chignon bas. Jeanne en avait trouvé le modèle dans un magazine où la reproduction d'une vieille gravure montrait une ballerine du XIXe siècle. Elle avait voulu, naïvement, faire en sorte que sa fille lui ressemble et avait tiré ses cheveux en bandeaux réunis sur sa nuque. Il avait fallu un arsenal d'épingles pour retenir les mèches, si bien qu'il était trop tard pour refaire un chignon plus haut et moins austère.

– Et tu as froid, remarqua Jeanne.

Elle défit le foulard qu'elle avait noué autour de son cou et le tendit à sa fille.

– Tiens, prends ça. Moi, ce n'est pas grave si j'ai froid.

Marie ignorait si elle était agacée ou tendue. Mais une chose était sûre : elle n'était pas dans son assiette. Elle roula le foulard en boule, nerveusement, tout en haussant les épaules.

– Ce n'est rien, maman ! fit-elle en le glissant dans son sac.

En réalité, elle faisait un effort pour ne pas s'inquiéter, mais elle pressentait déjà que le joli justaucorps qu'elle portait risquait de la desservir. C'était pourtant elle qui avait fait le choix du jaune, sa couleur préférée. Elle symbolisait le soleil, la lumière, la gaieté. Dans ses moments de tristesse, elle lui rappelait les vacances passées au sein de sa famille en Corse, l'île de Beauté. Mais aujourd'hui ce jaune manquait de légèreté. Marie regrettait de ne pas avoir joué la carte plus classique du blanc, pourtant conseillé par la vendeuse de chez Repetto, *la* boutique où tous les danseurs et danseuses allaient se fournir.

Marie et Jeanne s'étaient rendues ensemble dans ce temple de la danse fait de bois et de miroirs de la rue de la Paix pour choisir sa tenue de concours. Impressionnée par l'effervescence du lieu, Marie était restée bouche bée devant les centaines de tutus et de justaucorps de toutes les couleurs, devant tous ces chaussons, pointes et demi-pointes*[1]. Indécise, elle avait longuement hésité avant d'opter pour cette couleur. Et si les autres avaient choisi des tenues blanches ou rose pâle ?

---

1. Les termes suivis d'un astérisque sont expliqués dans le lexique en fin de livre.

« Eh bien tant pis, je serai le drôle de petit poussin du concours et puis c'est tout ! » se dit-elle.

Pour ne pas se laisser gagner par le stress, Marie se donnait du courage comme elle le pouvait. Quitte à fanfaronner.

« Si les membres du jury ne sont pas capables de voir comment je danse et se contentent de noter ma coiffure et ma tenue, c'est qu'ils sont bien bêtes... et moi, je rentrerai tranquillement à la maison. Après tout, il y a mille autres choses que j'ai envie de faire plus tard si je ne deviens pas danseuse : championne olympique, astronaute, pilote d'avion de chasse, exploratrice, reporter de guerre... Alors un justaucorps jaune, ça ne va pas "casser trois pattes à un canard" ! »

Elle réprima un petit rire en pensant à ce que cette expression avait d'ironique à cet instant précis. C'était sa meilleure amie, Tina, qui l'avait employée la veille, alors qu'elle lui téléphonait tout spécialement de Corse pour l'encourager :

– Un justaucorps jaune ? Au moins, on te verra ! Et puis, si jamais tu ne le réussis pas, ce concours, dis-toi que ça ne casse pas trois pattes à un canard ! Ni à un canari !

Tina avait toujours le mot pour rire. Marie pouffa en y repensant. Sa mère baissa le regard vers elle, étonnée. Devant elles, trois filles se retournèrent aussi. Deux d'entre elles, des rouquines aux visages avenants et couverts de taches de rousseur, lui lancèrent aussitôt des clins d'œil complices. Mais la troisième, qui était aussi blonde que Marie était brune, la fusilla du regard.

– Si ce n'est pas important pour toi, tu n'es pas obligée de déconcentrer les autres, lui lança-t-elle sèchement.

Marie avait eu le tort d'oublier, durant quelques malheureuses secondes, qu'elles étaient là pour des raisons sérieuses. Elle s'apprêtait à s'excuser, puis se rendit compte que rien ne lui interdisait de rire ou de parler. Qu'est-ce qu'elle croyait, cette fille ? Qu'elle serait prise parce qu'elle était plus motivée qu'elle ? Si c'était ça, alors elle se trompait. Marie avait une envie folle d'entrer dans cette grande maison où on ne vivait que pour la danse. Et ce monde fait de pirouettes*, de sauts de chat*, de glissés et de grands jetés*… Elle rêvait même secrètement d'en devenir la danseuse étoile ! Pour cela, elle avait bien l'intention de faire le maximum, de repousser les limites de son corps et de son esprit. Elle se devait d'impressionner tout le monde, notamment ses parents… et en particulier son père. S'il l'avait certes encouragée, il avait aussi ajouté, pour éviter qu'elle ne soit trop déçue en cas d'échec :

– Soit tu es douée et ces messieurs-dames de l'École de danse t'ouvrent grand leurs portes après le concours, soit tu te contenteras de faire de la danse le week-end, une fois tes devoirs terminés.

– Un concours, ce n'est pas un examen, avait ajouté Jeanne de sa voix douce. Il ne faut pas t'en faire, mon poussin. Si tu ne le réussis pas, ce n'est pas grave et ça ne voudra pas dire que tu n'as pas de talent…

– Je vais réussir, vous verrez ! avait répliqué Marie.

Maintenant, elle se demandait bien pourquoi elle avait usé de ce ton de défi. Il suffisait de voir la marée de fillettes venues concourir comme elle pour réaliser que ses chances étaient minces.

Une dame apparut soudain, en haut des marches de l'Opéra. Elle portait une veste cardigan gris foncé sur un pull à col roulé assorti, et une jupe noire et droite qui descendait jusqu'à ses chevilles. Son regard était caché sous une paire de lunettes rectangulaires à verres épais, ornementées d'une chaîne dorée. Ses cheveux mi-longs étaient retenus par un serre-tête bleu marine. Il émanait d'elle une sévérité qu'aucun détail ne venait adoucir.

– Un peu de silence, s'il vous plaît ! lança-t-elle d'un ton sec. Mesdemoiselles les danseuses, veuillez entrer et vous mettre en rangs. Je prierai les parents de bien vouloir s'en aller maintenant, merci.

Jeanne pressa furtivement la main de sa fille.

– Je t'attends là où on a dit. Tu n'oublies pas, hein ? lui glissa-t-elle avant de s'éclipser.

Marie voulut lui répondre d'un ton léger mais en fut incapable : son cœur battait la chamade et ses jambes s'étaient mises à trembler. Elle se contenta d'esquisser un pauvre petit sourire forcé, l'esprit déjà ailleurs.

Mère et fille étaient convenues de se retrouver dans un café repéré ensemble quelques minutes auparavant près de la place de l'Opéra. Jeanne voulait à tout prix être là dès le retour de Marie afin de la féliciter la première… ou de la consoler.

Les parents s'en allèrent et Marie se mit à suivre les filles qui la précédaient. Elle n'eut guère le temps d'admirer le hall d'entrée du palais Garnier, apercevant seulement du coin de l'œil le sol et les colonnes marbrés, ainsi que le double escalier qui s'ouvrait comme un rideau dévoilant une scène… Elle se réjouissait de pouvoir au moins se réchauffer un peu à l'intérieur du bâtiment.

Mais elle se sentit bientôt bousculée. Les rangs s'étaient défaits, laissant à nouveau place à un groupe informe. Emportée par la foule, elle bouscula à son tour, par mégarde, la fille qui se trouvait devant elle. Celle-ci tourna la tête et lui dit brusquement :

– Non mais tu te prends pour qui ?

Interloquée, Marie resta bouche bée. À son pincement des lèvres et son regard qui lançait des éclairs, elle reconnut la fille qui l'avait déjà remise à sa place quelques instants plus tôt. Son air hautain avait quelque chose de prodigieusement agaçant, mais Marie manqua de présence d'esprit pour trouver une réplique cinglante et regretta de ne pas avoir la même repartie que son amie Tina.

– Laisse tomber, elle n'en vaut pas la peine, lui souffla une voix non loin d'elle.

En tournant la tête, Marie reconnut l'une des deux rouquines. Elle affichait un sourire chaleureux.

– Oui, ne fais pas attention à cette chipie, on voit bien qu'elle n'est pas intéressante, insista la fille. « Tu te prends pour qui ? », non mais tu l'as entendue ? Et elle, pour qui elle se prend, au juste ?

– C'est vrai, renchérit sa sœur, ce n'est pas

parce qu'on veut toutes réussir le concours qu'on doit être désagréables entre nous. Viens, restons ensemble, si tu veux.

Marie s'empressa de se rapprocher d'elles.

– Oh là, là, là, là, pourvu qu'on soit prises, il faut qu'on soit prises ! fit la petite rouquine en croisant les doigts. Faites qu'on soit prises : ma sœur, moi et… comment tu t'appelles, au fait ?

– Marie.

– Moi, c'est Émilie et elle, c'est Elsa.

Légèrement intriguée, Marie les dévisagea avec plus d'attention.

– Oui, reprit Émilie, on se ressemble beaucoup, c'est normal : on est jumelles. Mais j'ai les cheveux plus clairs et moins de taches de rousseur qu'Elsa. Je suis un peu plus petite aussi. Et un peu plus ronde et joufflue ! pouffa-t-elle.

– Ça ne se voit presque pas, fit remarquer Marie en écarquillant les yeux, essayant de percevoir les différences énumérées par Émilie.

– Dès que tu nous connaîtras mieux, tu seras incapable de nous confondre l'une avec l'autre ! s'exclama Elsa.

Marie sourit à ces présentations. C'était rassurant de se découvrir des complices en un moment pareil.

Émilie plaqua ses paumes de main l'une contre l'autre.

– Faites qu'on soit prises, Elsa, Marie et moi ! implora-t-elle. Et pas la blondasse qui se croit supérieure à tout le monde…

– On n'a qu'à l'appeler TTPPQ comme « Tu te prends pour qui ? », proposa Elsa. C'est bien, non ? Ça finit super mal, en plus !

– Fais pas attention, ma sœur adore les surnoms, fit Émilie en levant les yeux au ciel.

– Vous croyez qu'on est combien ? demanda Marie. Cent ? Deux cents ?

– Je n'en sais rien, répondit Émilie. Mais ils ne vont sûrement pas pouvoir nous faire passer toutes en même temps.

Comment pouvait-elle sembler aussi décontractée ? se demanda Marie. Elle, au contraire, avait bien du mal à ne pas se laisser impressionner. Son père lui avait pourtant recommandé, comme chaque fois qu'elle s'inquiétait :

– Inutile d'avoir peur trop tôt, mon ange, ça fait battre le cœur trop vite pour rien. Tu m'imagines appeler le cardiologue rien que pour toi ? Je serais obligé de lui avouer : « Oui, c'est pour ma fifille qui n'a que neuf ans mais qui est bien malade. Sa maladie, c'est l'inquiétude. » Non, réserve ça pour le dernier moment. Tu verras, ton cœur essaiera encore de s'emballer quand tu devras danser devant le jury, tu reconnaîtras son rythme, ça s'appelle le trac. Mais ça, on ne le ressent que quand on a bien travaillé : le trac vient parce qu'on est prêt et que l'on veut montrer de quoi on est capable. C'est après, après seulement, que tu pourras laisser ton cœur courir et faire des cabrioles. Avant, mon ange, tu respires. Tu dois te contrôler.

Jacques, le père de Marie, gérait un centre médical et, à force, il avait acquis quelques notions ; il savait bien soigner sa fille, aussi, rien qu'avec ses mots. Alors Marie prit une grande inspiration et s'efforça de mettre son cœur au pas.

2

Toutes les filles avaient déposé leurs affaires au vestiaire. Chaussons aux pieds, leurs justaucorps, collants et cache-cœurs enfilés, elles s'échauffaient désormais en attendant de passer un premier examen médical.

S'imaginant sur la table d'auscultation, Marie eut à nouveau une pensée pour son père. Décidément, il n'avait pas pu faire le déplacement, mais c'était comme s'il était avec elle ce jour-là !

Pour pouvoir inscrire leur fille au concours, les parents de la fillette avaient dû remplir des tonnes de papiers. « Nom, adresse, numéro de téléphone, profession du père ("responsable de réseau médical"), profession de la mère ("secrétaire intérimaire")… » Parmi les mille et une informations demandées, le poids et la taille de leur enfant ne suffisaient pas : ils devaient également indiquer combien eux mesuraient afin d'estimer la taille adulte de Marie. Maintenant, deux personnes vérifiaient l'exactitude de certains renseignements.

À l'appel de son nom, Marie entra dans une petite salle bien chauffée. Elle monta sur une balance avant de passer sous la toise.

– Un mètre trente-six, annonça une femme en blouse blanche à une autre, qui était assise et prenait des notes. Quel âge as-tu, ma petite ?

– Neuf ans, répondit Marie d'une petite voix intimidée.

– Un mètre trente-six et vingt-cinq kilos, apparemment ce sont les proportions idéales… continua-t-elle sans la regarder. Montre-moi tes pieds. Mets-toi en première position.

Marie fit en sorte que ses talons se touchent et elle écarta ses pointes de pied l'une de l'autre, pour former une seule ligne horizontale.

– Très bien, parfait ! En seconde ?

Marie s'exécuta.

– En cinquième ?…

Cette fois Marie croisa un pied devant l'autre, le talon de son pied droit se plaçant devant les orteils de son pied gauche.

– Pas de problème d'en-dehors*, continua la femme. Maintenant donne-moi ton pied droit.

Marie déposa délicatement son pied dans la main que la dame avait tendue vers elle.

– Bien, le cou-de-pied, bien… Bonne cambrure, fit-elle. Et l'autre ? Bonne structure aussi. Bien. Tu peux retourner enfiler tes chaussons de danse. La leçon commencera dans quelques minutes.

Marie retourna dans le vestiaire. Malgré ce petit contrôle physique passé avec succès, elle n'arrivait pas à se sentir soulagée. Certaines filles ressortaient de ces tests le sourire aux lèvres, tandis que d'autres, le visage fermé et triste, revenaient ranger leurs affaires avant de disparaître. Ces départs rendaient les choses encore plus concrètes et angoissantes pour Marie. C'était donc réel ? Elle allait vraiment passer la grande épreuve ?

À cette pensée elle sentit son cœur redoubler de battements. Il s'accéléra encore davantage lorsque la grande porte du vestiaire s'ouvrit et que la femme austère qui les avait accueillies surgit.

– Mesdemoiselles, veuillez me suivre ! ordonna-t-elle. Bien en ligne, et en silence, s'il vous plaît. Vous n'êtes pas dans une ruche, mais à l'Opéra de Paris ! Rigueur et discipline : voilà les maîtres mots de la prestigieuse institution que vous allez tenter d'intégrer aujourd'hui. Et ça commence dès maintenant ! Le jury vous attend.

À ces mots, Marie se figea, un frisson lui parcourant l'échine. Assise sur son banc, elle se sentit soudain incapable d'actionner ses jambes pour se mettre debout. Autour d'elle, toutes les filles s'étaient déjà levées pour suivre la dame dans le couloir. Elle aurait tout donné pour se volatiliser, pour disparaître à jamais. Il fallut l'aide d'Elsa qui, attentive, était restée en arrière.

– Marie, ça va aller ? lui demanda-t-elle d'un ton amical.

À son tour, Émilie vint à sa rescousse, en lui tapotant gentiment le bras.

– Allô ? Ici la Terre ! T'es partie où, là ? se moqua-t-elle gentiment, adressant un sourire réconfortant à sa nouvelle amie.

Grâce aux jumelles, Marie trouva le courage de se ressaisir et de se lever.

– J'avoue que je me sentais un peu perdue… les remercia-t-elle tandis qu'elles empruntaient le couloir, accélérant le pas pour rattraper les autres.

Tout au bout de celui-ci, une vaste salle spécialement aménagée pour les répétitions de spectacles les attendait. Quatre longues barres avaient été disposées sur les côtés de la scène, à laquelle des gradins en amphithéâtre faisaient face. Un homme et une femme étaient assis au premier rang, derrière une table. Leurs visages impassibles ne trahissaient aucune émotion, mais à leurs attitudes et leur port de tête, il était facile de reconnaître des danseurs.

– C'est mademoiselle Bessier, la directrice de la danse, chuchota Émilie d'une voix pleine de respect.

– Et lui, c'est Cyril Asnatoff, le dieu de maman, ajouta sa sœur qui ne pouvait s'empêcher de parler.

Sur la scène, quatre autres adultes, deux femmes et deux hommes, habillés et chaussés de noir, étaient postés près de chaque barre. L'un des hommes tenait un bâton effilé qui ne trompait personne : assurément, il devait s'en servir pour pointer les mauvaises postures et corriger les positions. Il devait littéralement mener tout le monde à la baguette ! Sur le côté de la scène, un musicien était assis derrière un petit piano à queue, prêt à jouer.

– Mesdemoiselles, expliqua le professeur en tapant du bâton sur le parquet, vous allez tout d'abord prendre place là où nous vous l'indiquerons, à l'appel de votre nom. Il y aura plusieurs groupes successifs.

Une autre voix annonça :

– Mademoiselle Isabelle Amaury !

Une jeune fille s'avança et le professeur lui indiqua une place devant la barre un. Puis le nom de Florence Arridel fut prononcé... Camille Baréal... Marie-Pierre Bretton...

Quand le premier groupe de danseuses constitué d'une cinquantaine de concurrentes fut placé, Marie fouilla la salle du regard, à la recherche d'Elsa et d'Émilie. Impossible de les reconnaître dans cet alignement de chignons et de justaucorps presque identiques. L'ordre alphabétique les avait envoyées aux deux extrémités de la salle.

« Tant pis, on se retrouvera plus tard. Concentre-toi ! » se dit-elle.

Mais au passage, son regard tomba sur le blond pâle de sa désagréable concurrente aux lèvres pincées. Heureusement, plusieurs danseuses la séparaient d'elle.

« Et toi, j'espère que je ne te retrouverai pas plus tard, pensa Marie. Tu te prends pour qui ? »

Cette pointe d'aigreur agit comme un élément déclencheur qui fit grimper en flèche sa volonté de faire ses preuves. Jusque-là, elle avait eu peur et s'était laissé impressionner par tout ce qui se passait – il fallait bien avouer qu'il y avait de quoi se sentir toute petite face à l'enjeu de ce concours ! Mais soudain, quelque chose de nouveau monta en elle : comme une envie d'en découdre avec les autres – surtout avec cette fille-là – et de remporter coûte que coûte la compétition. Elle tendit l'oreille, plus que jamais attentive aux paroles du professeur.

– Je vous demande de m'écouter, reprit-il justement. Comme vous le savez, vous avez toutes passé avec succès l'épreuve de sélection physique. Mais ce que vous ignorez sans doute, c'est que vous êtes plus de cinq cents à vouloir entrer à l'École de danse de l'Opéra de Paris. Aujourd'hui, vous allez devoir nous montrer ce dont vous êtes capables, si vous voulez faire partie des quarante élèves que nous retiendrons.

– Cinq cents !

– Quarante !

Des cris étouffés s'élevèrent dans la salle.

– Maintenant vous abordez la partie dansée, qui est cruciale pour le recrutement, reprit-il sans prêter attention aux exclamations. Votre groupe est le dernier que nous voyons ce matin. Nous en avons vu plusieurs depuis mercredi dernier, et encore ce matin même. L'épreuve que vous allez passer consiste en une leçon dont vous devrez exécuter les exercices jusqu'au bout. Vous faites toutes de la danse classique, vous ne serez donc pas surprises par le déroulement du cours, qui ne comporte aucun piège : une partie appelée « la barre » et une autre, « le milieu ». Je pense que jusqu'ici je vous parle un langage que vous connaissez toutes. Le jury se compose des deux personnes que vous voyez assises face à vous, dans les fauteuils du public, ainsi que des quatre professeurs que nous sommes. Bien entendu, nous allons vous observer, étudier vos mouvements, vos attitudes et circuler entre vous pour vous corriger. Néanmoins, je vous demande ceci : ne cherchez pas à vous mettre en avant, à vous distinguer des autres concurrentes. Soyez attentives à ce que l'on vous demande, mesdemoiselles, ainsi qu'à la musique, c'est bien compris ?

Toutes les filles hochèrent la tête en guise de réponse.

– Très bien, dansez le mieux possible et bonne chance à toutes !

Le professeur prit place au centre de la scène et balaya du regard toutes ces danseuses postées devant leur barre.

– Nous commencerons par un exercice préparatoire face à la barre. Placez-vous, s'il vous plaît, en première position. Et… un et… deux et… dit-il en tapant le sol de son bâton.

« Quand je pense qu'au début maman devait me forcer à aller aux cours de danse ! pensa Marie.

Et trois ans après je me retrouve à l'Opéra au milieu de dizaines d'autres acharnées à batailler pour vivre six ans d'apprentissage ! Et il paraît que c'est l'enfer, en plus... »

Le pianiste commença à plaquer des accords. Aussitôt, toutes les filles débutèrent avec application l'exécution des mouvements demandés…

3

Au début, Marie n'était pas très à l'aise. Cet amphithéâtre ne ressemblait pas à la salle de cours où elle avait l'habitude d'aller, mais à une salle de spectacle sans miroirs, dont le sol penchait un peu vers le public. Les membres du jury n'avaient pas, dans le regard, cette chaleur qu'avait toujours mademoiselle Geneviève, son professeur adoré. Leurs visages fermés étaient autant d'énigmes impossibles à déchiffrer. Quant à ses camarades de cours… elles n'étaient justement pas des camarades, mais des concurrentes. Quelle drôle d'impression !

« Faire le mieux possible… Me concentrer… » se répéta-t-elle.

Pendant les exercices à la barre, elle parvint sans difficulté à suivre les demandes du professeur. Pliés*, premier dégagé* à terre, deuxième dégagé à terre, premier puis deuxième dégagé en l'air, dégagé rond de jambe*, fondus*… Petit à petit, constatant qu'aucune des positions demandées ne lui posait de problème, Marie se mit à gagner en assurance. Son corps souple s'échauffait doucement. La longue tige de bois était son alliée : elle s'appuyait sur elle ou s'y accrochait tour à tour, comme à un point de repère, sûr et solide. Au piano, le musicien avait commencé par des pièces classiques et mesurées dont le tempo rassurant revenait comme une ritournelle. Cette partie du cours était comparable à ces moments où chacun, dans son domaine, prépare son matériel : le peintre sort ses couleurs, les ouvriers affûtent leurs outils, les chanteurs se lancent dans des vocalises…

– Et maintenant les battements* frappés, dit le professeur au bâton. Je veux des genoux en dehors, des pieds bien tendus… Une première série de frappés en croix, devant, côté, derrière… Seul le bas de la jambe travaille, la cuisse reste le plus possible immobile et en dehors… Compris ? Et… un et… deux…

Les ronds de jambe en l'air suivirent, puis vinrent les petits battements.

« Et ensuite on fera les grands battements, pensa Marie. *Et les derniers relevés face à la barre. »*

Elle aimait retrouver ces exercices, les mêmes chaque fois, qui lui donnaient un merveilleux sentiment d'ordre et de justesse. Doucement, sereinement, la beauté perçait derrière la rigueur, les corps s'échauffaient et s'apprêtaient à montrer, une fois sous le feu des projecteurs, ce dont ils étaient capables. Marie préparait ainsi chacun de ses muscles, qui ne l'avaient jusqu'ici jamais laissée tomber. Elle maîtrisait tous ses mouvements, et sa technique était irréprochable. Son corps était aux aguets, et bientôt au service des demandes du maître de ballet. Malgré l'enjeu de la situation, une sensation de bien-être la gagna doucement. Certes, ses mouvements étaient observés à la loupe et décortiqués sous toutes les coutures, mais c'était comme si, peu à peu, elle accordait moins d'importance aux regards extérieurs, au point de les oublier totalement.

Soudain, un grand bruit sourd interrompit le cours. Une danseuse venait de tomber. Marie tourna la tête et reconnut la pimbêche blonde. La malheureuse se releva aussi rapidement que possible mais, à sa manière de se frotter la cuisse et de marcher pour reprendre sa place, on voyait qu'elle s'était fait mal.

« La pauvre », pensa d'abord Marie.

Malgré l'hostilité de leurs précédents échanges, Marie ne put s'empêcher d'éprouver de la pitié pour sa camarade. Mais quand elle croisa le regard de sa concurrente, ce sentiment se transforma en une sorte d'effroi, car elle ne décela dans ses yeux que de la colère et de la haine.

– Bien fait ! murmura quelqu'un sur un ton méchant.

Le professeur fit comme si de rien n'était et le cours reprit.

« La qualité du mouvement... La qualité du mouvement, se dit Marie en pensant à ce qu'aimait répéter mademoiselle Geneviève. *La technique est une chose, mais c'en est une autre de faire ressentir de l'émotion à ceux qui vous regardent... »*

Ils avaient été si nombreux à lui donner des conseils ! Il y avait Tina bien sûr, même si elle n'y connaissait rien. Tina faisait de l'équitation et estimait que l'on pouvait faire un rapprochement entre les mouvements à cheval et la danse.

– Tu te souviendras de bien tenir tes bras et tes pieds, hein ? lui avait-elle recommandé, l'air savant.

– Tu veux dire de bien serrer les rênes et de bien mettre mes pieds dans les étriers ? Eh ben dis donc, tu t'y connais, on dirait ! s'était esclaffée Marie.

Sa mère, Jeanne, lui avait elle aussi prodigué quelques conseils :

– Pour les mouvements, je ne peux rien dire, mais n'oublie pas de sourire au jury. Souris largement, tu m'entends ? Tu as un si joli sourire… On ne sait jamais : ça peut tout changer !

Marie n'avait pas osé dire à sa mère qu'elle n'avait jamais vu une danseuse classique sourire de toutes ses dents au public… Peut-être seulement au moment des saluts ? Pour l'heure, c'était bien cette question de « qualité du mouvement » qui lui revenait à l'esprit. Toute son attention était focalisée sur ses gestes, qui devaient être d'une précision irréprochable. Elle allongeait les bras jusqu'au bout des doigts, tendait les jambes au maximum, pliait profondément…

– Très bien, mesdemoiselles. Nous allons maintenant écarter les barres pour la partie du

« milieu ». Vous allez passer successivement en deux groupes.

Dans sa tête, Marie énuméra : *« On va faire des dégagés, un adage*, les pirouettes, les sauts... »*

– Vous continuez évidemment à bien assurer toutes les bases vues à la barre, poursuivit le professeur. Je veux parler de l'en-dehors bien sûr, des jambes et des pointes de pied tendues. Mais je veux aussi que vous pensiez aux positions de bras et au regard. Vous n'êtes pas dans une salle de spectacle pour rien. Donnez-nous envie de vous suivre des yeux.

Un premier groupe auquel appartenait Marie se mit en place sur plusieurs rangs, mais le professeur dut encore intervenir.

– Les plus grandes, derrière, je vous prie…

Les fillettes se déplacèrent à nouveau.

– Outre les dégagés, nous aurons des pas de liaison*. Pas de bourrée*, glissade* et saut de chat. Vous penserez bien à…

– … frotter le sol, à l'aller et au retour du dégagé. Je vous montre, lança la pimbêche blonde en affichant un air à la fois satisfait et méprisant. Dégagez devant, fermez plié, en cinquième. La même chose en seconde position… Puis un quart de rond de jambe, pas de bourrée, changement de côté. Et on reprend : devant, plié, seconde, plié… Quart de rond de jambe, petit quart de tour, le bras droit monte en l'air et on regarde sa main. On rentre bien la hanche gauche et on finit par un pas de bourrée pour changer de côté. On reprend l'exercice en dégageant en arrière, jambe gauche puis jambe droite. Compris ? En place… Cinquième position… Et…

Des coups de bâton sur le parquet interrompirent la mélodie du pianiste. La jeune danseuse, stoppée dans son élan, fronça d'abord les sourcils, un peu vexée.

– Que faites-vous, mademoiselle ? tempêta le professeur. Allez vous replacer derrière. Et ne vous inquiétez pas, les autres, nous vous regarderons absolument toutes ! Aucune d'entre vous ne sera oubliée, et aucune ne sera privilégiée.

« Bizarrement, ça ne m'étonne pas une seconde que Tu-te-prends-pour-qui se place devant et au centre... » pensa Marie, stupéfaite par cette scène improbable.

La blonde alla se replacer en arrière, non sans avoir jeté au professeur un sourire éclatant. Mais celui-ci ne sembla pas y prêter attention.

– Je disais donc, reprit-il, dégagé, plié… Seconde, plié…

Le cours se poursuivit. Les professeurs se déplaçaient entre les rangs, corrigeaient ici une position de jambe, là l'orientation de la tête. Marie continuait en s'efforçant de ne penser à rien d'autre qu'à la danse.

– … Pas de bourrée, glissade, saut de chat…

Quand l'ensemble de l'exercice fut exécuté, les apprenties danseuses se replacèrent le long des barres.

– Nous allons maintenant faire un adage, fit le professeur. Vous allez commencer par un développé* croisé devant, promenade*… deux, trois… pour faire un demi-tour. On pose la jambe droite et, de la gauche, rond de jambe.

Plié, posé en arrière. Revenez face, développé seconde, et pour terminer vous allez monter sur la demi-pointe puis fondre dans un plié. Je reprends et vous marquez avec moi, sur la musique. Et un, deux, trois…

Cette fois-ci, Marie eut l'impression que tous ses sens étaient en alerte. Tous ces enchaînements pouvaient paraître fastidieux, mais ces termes techniques fascinaient la fillette, qui se sentait investie d'une mission. Il ne fallait pas seulement se contenter d'exécuter les pas, il fallait les comprendre et les enregistrer rapidement. Les jurés allaient certainement aussi observer, parmi les danseuses, celles dont la mémoire du mouvement était la plus vive. Plus que jamais, Marie se concentra donc et, comme les autres danseuses, « marqua » les pas comme le demandait le professeur. Il s'agissait d'apprendre les mouvements sans encore les exécuter vraiment.

Quand toutes les danseuses eurent répété la succession des gestes trois fois, le professeur s'écarta pour les laisser faire toutes seules.

Le pianiste jouait plus fort et, durant quelques instants, Marie oublia qu'elle passait une audition. Ce n'était plus des jurés qui étaient assis devant elle, mais un public imaginaire, fasciné par le spectacle que ses camarades et elle présentaient. Oui, c'était cela, elle était une ballerine et appartenait à la troupe de l'Opéra de Paris ! Elle avait réussi à rentrer dans le corps de ballet et chaque mouvement la rapprochait un peu plus de son rêve de devenir un jour étoile… À la fin de l'enchaînement, elle leva le menton. Un sourire à l'adresse des spectateurs s'épanouit sur ses lèvres… Et les sourcils froncés du professeur apparurent subitement en gros plan, dans son champ de vision.

– J'ai dit à droite *et* à gauche, mademoiselle ! Nous n'avons pas fini et tout le monde vous attend. Pensez à la symétrie des mouvements. En danse classique, c'est très important…

Marie tressaillit. Malgré ses efforts de concentration, elle avait donc réussi à laisser son esprit s'échapper ! À la table des jurés, elle aperçut Cyril Asnatoff qui murmurait quelque chose à l'oreille de mademoiselle Bessier. Quelle catastrophe ! Gênée d'être au centre de l'attention de tous, elle se remit en position et attendit les trois accords de piano annonçant la reprise du mouvement.

Le deuxième groupe succéda au sien. Tout en regardant bouger les autres danseuses, Marie ne pouvait s'empêcher de s'inquiéter : *« Est-ce que je suis éliminée ? Peut-être pas si on me laisse aller jusqu'au bout... Mais peut-être que si quand même... C'est juste qu'on ne fait pas sortir les moins bonnes tout de suite... Et en même temps, peut-être que je peux encore me rattraper... Je ne suis pas si mauvaise... »*

* * *

Quand vint le moment des tours, des pirouettes et des sauts, Marie ressentit à nouveau de la joie à s'imaginer s'élevant comme un petit oiseau au-dessus du sol : elle voletait dans la « petite batterie* » puis bondit lors des grands sauts. Tout en suivant le rythme de la musique, elle perdit progressivement toute notion de temps, si bien qu'elle fut surprise de voir arriver le moment du salut final. Sa peur avait totalement disparu, remplacée par son plaisir de s'exprimer sur cette scène, en donnant le meilleur d'elle-même. Elle qui, avant l'épreuve, avait eu peur de mal faire ou même de tomber ! Rien de tout cela n'était arrivé. Il y avait juste eu ce moment d'absence, dont elle ne savait pas du tout combien de temps il avait duré. Au fond, qu'était-il vraiment arrivé ? Elle n'aurait su le dire. Cette leçon de danse était passée comme dans un rêve, hors du temps. Et il fallut un petit moment à Marie pour reprendre ses esprits.

– Allô ? Ici la Terre ! lui lança Émilie.

Émilie ?

Marie se secoua, regarda autour d'elle : elle ignorait de quelle façon, mais elle était bel et bien revenue dans le vestiaire.

4

Une fois qu'elle eut changé de tenue, Marie chercha les jumelles des yeux. Contrairement au silence recueilli d'avant l'audition, la pièce bourdonnait maintenant de conversations. L'atmosphère s'était détendue et, même si personne ne connaissait encore les résultats, l'épreuve était passée : les danseuses reprenaient enfin leur souffle… et ça s'entendait !

Marie repéra d'abord Elsa dans un coin. Elle était en train de ranger ses chaussons dans un sac. Les yeux baissés et le visage fermé, Émilie se tenait non loin d'elle, assise sans bouger.

« Mais... mais elle pleure ? » s'interrogea Marie en croyant voir une larme couler sur sa joue.

Aussitôt elle se précipita vers elle, en se faufilant comme elle le pouvait entre les danseuses occupées à remettre leurs tenues de ville. Mais alors qu'elle arrivait quasiment à hauteur de ses amies, elle fut stoppée net par la pimbêche blonde qui lui barra la route, bras croisés.

– Tu n'as pas fini de bousculer tout le monde ? lui lança-t-elle durement.

Estomaquée, Marie demeura d'abord un instant interdite. Depuis toujours, elle devait lutter contre une timidité qui l'empêchait souvent de parler. Cependant, exaspérée par l'attitude de cette danseuse, elle finit par retrouver un semblant de repartie.

– Et toi ? Ça te fait du bien d'être désagréable avec tout le monde ? lança-t-elle.

– Ce qui me fait du bien, c'est de savoir que tu ne seras pas prise ! répondit l'autre d'un ton méprisant.

– Et qu'est-ce que tu en sais ?

– Le prof a corrigé ta position plusieurs fois ! reprit la blonde.

– Mais non, il ne m'a pas… commença Marie, à nouveau prise de court.

Elle aurait voulu lui répondre, mais ces remarques blessantes l'atteignaient comme autant de coups de couteau.

– Et après, tu nous as fait attendre, au « milieu »… insista l'autre. Ça veut tout dire ! Tu te prends pour qui ? Une danseuse étoile, peut-être ?

– Mais quel toupet ! intervint alors Émilie, qui avait suivi l'échange entre les deux filles et s'était levée de son banc. Dis-moi si je me trompe, mais c'est bien toi qui t'es retrouvée par terre quand on était au « milieu », non ? Si tu ne sais pas garder ton équilibre, il ne fallait pas venir !

– C'est ça, oui ! Moi, j'ai la taille fine et je n'ai pas tes bajoues de hamster ! lui asséna l'autre en guise de réponse. Si les jurés hésitent entre les lianes et les éléphants, je pense que j'ai toutes mes chances !

À ces mots, les épaules d'Émilie s'affaissèrent et des larmes se mirent instantanément à couler sur ses joues. Elsa, en revanche, n'était pas prête à laisser quelqu'un s'en prendre à sa sœur.

– Parce que tu crois que tu sais danser, toi, bien sûr, hein ? Que tu sais mieux danser que tout le monde, pas vrai, miss TTPPQ ?

– Quoi ? s'écria l'autre en s'approchant. Tu m'as traitée de quoi ? Qu'est-ce que c'est que ce truc ? Je m'appelle Aurore, imagine-toi. Et même Aurore Bessier, si tu veux savoir !

– Et alors ? rétorqua Elsa. Qu'est-ce que ça peut nous faire à nous, ton nom ? Je t'appelle TTPPQ si je veux. Et si tu ne comprends pas ce que ça veut dire, tu n'as qu'à deviner !

Ce qui compte, c'est la façon dont on a dansé aujourd'hui. Si tu essayes de me dire – ou de nous dire – que tu seras prise parce que tu es de la même famille que mademoiselle Bessier, tu te trompes complètement !

– Ma *tante*, dit Aurore en insistant bien sur ce dernier mot, ne se souviendra même pas de ton nom.

– On est à l'Opéra, il n'y a pas de favoritisme et la sélection est dure pour tout le monde, c'est connu. Alors moi, ma sœur Émilie et n'importe quelle autre fille ici, on a toutes nos chances !

Au lieu de s'en tenir là, Aurore se mit à ricaner.

– Émilie ! Émilie comme « éliminée », on dirait… Tu ferais mieux de te préparer tout de suite, au lieu de pleurnicher.

– Et Aurore comme… comme « horreur absolue » ! rétorqua Marie, qui les avait rejointes.

– Exactement ! fit Émilie qui se reprenait. Non mais tu t'es regardée ? Qui aurait envie d'être ta copine ? Pas moi en tout cas, quelle horreur !

– Moi non plus, intervint une fille qui jusque-là nattait ses cheveux châtains.

Marie lui lança un clin d'œil complice avant de continuer :

– Non mais franchement… Tu auras l'air sacrément maligne si tu n'es pas prise…

– Je m'appelle Bessier, insista Aurore en retournant boucler son sac d'un air boudeur.

– On s'en fiche complètement ! répliqua Marie en haussant les épaules.

– Complètement ! insistèrent les jumelles dans un bel ensemble.

Cette fois, Aurore battit en retraite. Tête haute, lèvres pincées, elle prit ses affaires et se dirigea à grands pas vers la porte du vestiaire, qu'elle franchit sans se retourner. Derrière elle, quelques applaudissements et des « Bien fait ! » vengeurs se firent entendre. Plusieurs filles, qui avaient assisté aux échanges, laissaient ainsi savoir qu'elles avaient été indignées par ses propos.

Émilie se tamponnait les joues avec un mouchoir en papier de couleur verte, donné par sa sœur.

– Eh ben dis donc, il ne faut pas te mettre dans des états pareils, lui dit Marie en se glissant à côté d'elle. Regarde-moi ça ! Si mon père était là, il te dirait que les méchants ne valent la peine ni qu'on les écoute, ni qu'on les regarde... Et il te demanderait aussi comment tu as fait pour assortir tes yeux avec ton mouchoir...

En guise de réponse, Elsa eut un petit rire.

– Ha ! Ha ! Les mouchoirs mentholés ! Une attention de maman... En fait, c'est bon pour le rhume, mais ça pique un peu les yeux.

– Elle a été malade toute la semaine dernière, expliqua Elsa à son tour. Ça va juste un peu mieux depuis hier.

– Alors tu as encore plus de mérite, fit Marie, admirative. Ne te laisse pas abattre, OK ?

De la main, légèrement, elle lui fit une petite caresse sur l'épaule.

– Je vous laisse. Il faut que je passe au petit coin... On se retrouve plus tard, pas vrai ?

Émilie et Elsa lui sourirent en hochant la tête avec enthousiasme. Durant quelques secondes, des regards d'une intense complicité furent échangés. Puis Marie s'écarta et quitta la pièce en quelques pas légers.

Elle avait déjà presque tourné le coin du couloir quand elle entendit derrière elle la voix de cette femme – toujours la même – qui semblait tout organiser ce jour-là.

– Dépêchez-vous, mesdemoiselles ! Les résultats de l'audition seront donnés en fin de journée, vers dix-huit heures.

Marie serra les poings en se disant qu'avec un peu de chance cette même voix annoncerait son nom dans la liste des admises…

Elle hésita d'abord à revenir en arrière, puis elle se remit à marcher d'un pas plus vif, à la recherche des lavabos. Où les toilettes pouvaient-elles bien être ? Dans cette partie du bâtiment, les portes se ressemblaient toutes. On aurait dit un immense appartement. Au bout du couloir, Marie tourna à gauche, puis à droite, gravit un petit escalier, prit une coursive, toujours à la recherche du panneau qui lui indiquerait le bon endroit. Enfin elle poussa une porte puis une deuxième, à la surface rembourrée.

C'est alors que la surprise lui coupa le souffle : elle venait d'arriver dans une salle de répétition. Un grand miroir occupait l'un de ses murs, tandis qu'un autre était percé d'une large fenêtre ronde d'où venait la lumière. Au centre, un couple de danseurs s'entraînait.

La ballerine traversa la pièce en diagonale sur les pointes, avant de se retrouver dans les bras du danseur. Elle semblait glisser comme un poisson insaisissable entre ses mains. Leurs visages se rapprochaient avant de s'éloigner ; leurs yeux, aimantés, semblaient ne pas vouloir se détacher. Marie resta sans voix devant leur précision technique : on aurait dit des instruments de musique si impeccablement réglés qu'aucune fausse note ne risquait jamais d'en sortir. Après une attitude* sur pointe suivie d'un lent développé, la danseuse revint se serrer contre son partenaire, ne laissant qu'un infime espace entre leurs deux visages, comme s'ils étaient sur le point de s'embrasser… Brusquement le charme prit fin.

– Qu'est-ce que tu fais ici ? gronda le danseur en découvrant Marie.

– Euh... Je cherchais... J'ai besoin de... J'ai envie... balbutia-t-elle en guise de réponse.

La jeune danseuse grimaçait, sa respiration saccadée trahissant les efforts qu'elle avait dû fournir.

– Va-t'en tout de suite, retourne en cours ! lâcha le danseur. Allez ouste !

Les yeux de Marie s'agrandirent devant tant de dureté.

– Non ! Je ne suis pas... Euh... s'efforça-t-elle d'expliquer.

Comprenant qu'il valait mieux se taire, elle referma prestement la double porte et repartit le cœur battant dans le labyrinthe des couloirs. Elle essaya de refaire son trajet initial en sens inverse, mais l'émotion l'empêchait de reconnaître les lieux. Enfin, elle se risqua à prendre un passage plus sombre et tomba presque par miracle sur des lavabos. Elle s'enferma. Quel soulagement !

Une étroite fenêtre entrouverte laissait apercevoir une partie des toits de l'Opéra. Un couple de palombes se tenait en contrebas, presque immobile, le bec pointé dans une même direction. Marie repensa aussitôt aux deux danseurs qui s'étaient tenus ainsi, l'un près de l'autre, joue contre joue. Ils donnaient l'illusion d'une telle tendresse, d'une telle communion !

« Peut-être que moi aussi... un jour... »

Vite ! Il fallait qu'elle s'active pour récupérer ses affaires dans le vestiaire et rejoindre sa mère au café. Jeanne devait déjà être morte d'inquiétude. Marie galopa dans des couloirs, se trompa de direction et de porte plusieurs fois, mais finit par retrouver le vestiaire. Entre temps, tout le monde était parti. Un peu déçue de ne pas voir les jumelles, elle rangea rapidement ses chaussons dans son sac, enfila ses guêtres de laine et son cache-cœur, puis se pencha sur ses chaussures pour les lacer. Elle n'avait pas entendu Aurore entrer derrière elle.

– C'est toi qui me l'as volée, hein ?

Marie se redressa en sursaut.

– Oh ! Tu m'as fait peur... Voler quoi ? Je ne t'ai rien volé du tout.

Mais Aurore s'avançait vers elle, menaçante.

– Tu as intérêt à me la rendre, sinon tu vas voir…

– Te rendre quoi ? Je ne t'ai rien pris ! protesta Marie, qui commençait à voir rouge. Je ne sais même pas de quoi tu parles !

Décidément, cette fille était odieuse. Aurore planta ses yeux dans les siens, cherchant à deviner si elle disait la vérité. Finalement, elle se détourna, s'agenouilla et se mit à fouiller du regard le dessous des bancs et les recoins du vestiaire.

– Ma peluche… lâcha-t-elle en se relevant. J'ai une petite peluche qui me porte chance. C'est ma grand-mère qui me l'a donnée…

– Et… elle ressemble à quoi, cette… peluche ? demanda Marie, cachant tant bien que mal sa surprise.

– Un âne…Un petit âne gris.

En l'entendant, Marie se sentit brusquement incapable de se contrôler. Un rire nerveux la saisit. Elle ne cherchait pas vraiment à se moquer de sa pauvre adversaire, mais relâchait enfin toutes les tensions qu'elle avait contenues jusque-là… C'était si bon de se laisser un peu aller ! Depuis le matin, elle avait surmonté son anxiété, passé l'audition… Elle s'était perdue dans les couloirs de l'Opéra… S'était fait disputer… Elle s'était confrontée à d'autres danseuses et avait surtout affronté les critiques de cette même Aurore qui cherchait à présent sa peluche, comme une toute petite fille… Franchement, c'était trop drôle ! Elle n'était pas aussi forte qu'elle en avait l'air… Apporter une mascotte en peluche à l'audition ! Pourquoi pas une patte de lapin ou un fer à cheval pendant qu'elle y était ?

Mais Aurore n'avait pas assez d'humour pour prendre cette réaction à la légère.

– Tu te moques de moi ! s'énerva-t-elle. On verra tout à l'heure, au moment des résultats, si tu as encore envie de rire…

Marie essaya d'argumenter avec maladresse, entre deux hoquets.

– Écoute, ne le prends pas mal, tu veux ? Je ne le fais pas exprès. On a besoin de se détendre un peu, tu ne trouves pas ?

Elle n'obtint qu'une grimace en guise de réponse. Une seconde plus tard, Aurore ressortait en faisant claquer la porte derrière elle. Restée en arrière, Marie reprit son souffle peu à peu, mais une certaine tristesse l'avait gagnée. Elle s'en voulait de ne pas s'être montrée meilleure que sa concurrente. La gentillesse aurait été une bien meilleure leçon à lui donner que ce rire moqueur. Elle se reprocha aussi sa lenteur d'escargot. À force de traîner dans les couloirs, elle en avait oublié sa mère qui s'impatientait sûrement au café. Quelle heure pouvait-il bien être ? Elle chercha sa montre en vain, leva les yeux à la recherche d'une pendule et finit par attraper son sac avant de quitter enfin les vestiaires au pas de course.

5

– Alors, ça s'est passé comment ? demanda Jeanne lorsqu'elle vit apparaître sa fille dans le café. Ils ont donné les résultats ?

Marie avait à peine franchi le seuil que la question lui parvint, tant sa mère, impatiente, l'avait interpellée d'une voix forte. Jeanne n'avait pourtant pas l'habitude de se faire remarquer, mais cette fois c'était parti tout seul : elle avait trop de mal à dissimuler sa nervosité. Marie remarqua aussitôt que plusieurs paires d'yeux interrogateurs se tournaient vers elle, autant que de paires d'oreilles toutes suspendues à sa réponse. Elle aurait dû s'en douter : d'autres mères avaient fait comme la sienne et donné rendez-vous à leur fille dans ce même café, à quelques mètres de l'Opéra. Elle reconnut certaines de ses concurrentes de l'audition, sans parvenir toutefois à distinguer la présence des jumelles. Aurore semblait heureusement absente elle aussi. Ouf !

– Chut ! Non… Pas encore… Pas si fort… murmura-t-elle en se glissant sur la banquette face à sa mère. Ils ont dit qu'on saurait à la fin de la journée, vers dix-huit heures…

Jeanne baissa la voix, les regards qui les épiaient se détournèrent, et les discussions reprirent aux tables alentour.

– Ça nous laisse un bon bout de temps… marmonna-t-elle. Et tu étais où ? Tu m'as fait peur, tu sais ? Tu es restée si longtemps, je voyais les autres filles arriver… je ne savais plus quoi penser…

Marie secoua la tête.

– Je suis désolée, maman… Je me suis perdue à l'intérieur, dans les couloirs… Je ne sais pas trop comment. Et pour l'audition, je ne sais vraiment pas quoi te dire. En fait, je ne me souviens de presque rien. J'ai l'impression que ça s'est à peu près bien passé, mais c'était… Je me sentais… Un peu comme dans un rêve, tu vois ?

– Écoute, de toute façon il est impossible de juger avec exactitude. Alors tu vas commencer par prendre quelque chose à boire. Tu veux du lait chaud ? Ou un chocolat ? Et ensuite, on y retournera tranquillement. Repose-toi, va ! Je suis sûre que tu as été très bien.

Pendant que, levant le bras, Jeanne hélait un garçon de café, Marie changea de banquette pour prendre place à côté d'elle. Elle lova sa tête dans le creux de son cou et huma le parfum tendre de sa mère. C'était là, assurément, l'endroit le plus sûr et le plus apaisant qu'elle pouvait trouver en cette fin d'après-midi d'automne…

Elle ferma les yeux et, aussitôt, les souvenirs surgirent derrière ses paupières. Au même moment, Jeanne aussi repensait au passé.

– Tu te souviens que, petite, tu voulais faire des arts martiaux ? commença-t-elle. Tu avais six ans quand tu as déboulé dans le salon, un jour, en hurlant : « Banzaïïïï ! » J'étais en train d'écrire une lettre administrative et j'ai eu si peur que mon stylo en est parti de travers. D'un bond, tu t'es plantée devant moi, le bras gauche tendu en avant, les poings serrés et les genoux pliés en position de karatéka. J'ai regardé tes vêtements d'un air soupçonneux et je t'ai questionnée, un brin désespérée : « Ne me dis pas que c'est ton peignoir de bain que tu as coupé comme ça, hein ? Mais qu'est-ce que je vais faire d'une fille aussi turbulente ? » Toi, tu m'as expliqué tranquillement : « J'avais besoin d'un kimono, tu comprends ? Ils s'habillent comme ça, ceux qui font des arts martiaux. Je voudrais en faire, tu es d'accord ? Du judo ou du karaté… » J'ai levé les yeux au ciel. Je me demandais comment ma petite fille, si timide en certaines circonstances, pouvait se transformer parfois en une telle boule d'énergie. Et têtue en plus ! Tu avais déjà un sacré caractère…

– Tu me l'as racontée des centaines de fois, commenta Marie en sirotant son chocolat. Je la connais par cœur, cette histoire, tu sais, maman ?

Jeanne fit comme si elle n'avait pas entendu. Visiblement, elle aimait beaucoup partager encore et encore ce récit familial.

– Alors j'ai craqué. J'ai poussé un gros soupir et je t'ai demandé de te rhabiller correctement pour sortir. J'avais aperçu un petit centre sportif en passant, un truc tout neuf, pas loin dans le quartier. L'après-midi touchait déjà à sa fin, alors il fallait y aller vite avant que ça ferme. Mais je t'ai prévenue qu'après tu allais être punie et que tu devrais recoudre un ourlet pour ton peignoir, sans compter sur la machine à coudre. J'avais à peine dit ça que tu t'es exclamée…

– « Youpiiiii ! » ponctua Marie.

– Exactement, confirma sa mère. Dans la rue,

tu gambadais : « J'vais faire du karaté ! J'vais faire du karaté ! » Tu t'imaginais déjà sur un tatami, vêtue d'un pantalon et d'un kimono de coton blanc ceinturé de noir. Et je suis sûre que, partie comme ça, tu aurais pu devenir championne de karaté, la plus jeune, la plus petite, la plus fine, mais championne quand même.

– Sauf qu'il n'y avait pas de cours de karaté au centre. Il n'y avait que de la danse…

– Exactement ! Moi, j'étais toute contente. Je trouvais ça bien, de la danse, pour une fille aussi pleine d'énergie. Mais toi, tu as fait une de ces têtes… sourit Jeanne. Tu te rappelles, poussin ?

Marie leva les yeux au ciel.

– Mais bien sûr que je me rappelle, maman… soupira-t-elle d'une voix lasse. S'il te plaît, ne m'appelle plus « poussin », ça fait trop bébé…

– Bon, je vois bien que je t'ennuie avec mes histoires, reprit sa mère. Mais je voudrais juste qu'on se change les idées, tu comprends ?

– Oui, maman, mais tu me racontes toujours la même chose et on connaît ça par cœur, toi et moi, non ? La suite, ce sont mes six mois de cours de danse, avant que je te dise que je ne voulais plus en faire.

– Exactement, acquiesça Jeanne. Je n'ai jamais compris pourquoi tu voulais arrêter. Ni pourquoi tu as voulu reprendre, après… Et maintenant tu es là, tu te rends compte ? Peut-être bientôt élève à l'École de l'Opéra de Paris !

Marie se redressa soudain sur la banquette de Skaï. Elle venait de voir les jumelles entrer timidement dans le café. Les deux sœurs répondirent à son signe de la main en se dirigeant vers elle.

– Maman, ce sont mes copines Elsa et Émilie, les présenta Marie, tout excitée. On s'est rencontrées à l'audition.

– Bonjour madame, firent les jumelles d'une même voix. Est-ce que… Est-ce que vous voulez bien que… Est-ce qu'on peut s'asseoir avec vous ? demanda Elsa, en frottant machinalement ses paumes de main sur le bas de son manteau.

– Bien sûr ! Asseyez-vous, mesdemoiselles, les encouragea chaleureusement Jeanne.

Elles la remercièrent, visiblement soulagées.

– On n'osait pas trop rentrer… Mais à force d'attendre… Comme il fait froid… Comme on est toutes seules, on s'est dit qu'on allait boire quelque chose et se réchauffer…

– Vous êtes toutes seules ? répéta Jeanne, étonnée.

– Oui. Maman nous a accompagnées, mais elle ne pouvait pas rester, expliqua Elsa. Elle donne des cours le mercredi après-midi… Et papa…

Comme sa sœur la poussait du coude, elle s'interrompit, hésitant à poursuivre. Devant son malaise, Jeanne, polie, préféra changer de sujet.

– Allez ! Laissez-moi vous inviter. Chocolat pour tout le monde !

– Oh non merci, madame, protesta poliment Émilie. Vous n'êtes pas obligée de nous inviter. Maman nous a laissé de l'argent…

– Mais si, voyons, j'insiste, fit Jeanne. Et je ne me sens pas obligée du tout, rassure-toi. Alors, vous avez passé le concours aussi, c'est ça ? Peut-être que vous allez pouvoir me raconter comment ça s'est passé, parce que Marie ne m'a presque rien dit. Apparemment, elle a réussi à tout oublier ! Est-ce que vous, au moins, vous vous souvenez de quelque chose ?

Elsa reprit la parole, très sérieuse :

– Eh bien, on nous a d'abord pesées et mesurées… Et aussi ils ont regardé nos cous-de-pied… Il y a des filles qui ont été éliminées tout de suite, les pauvres… Après, il y a eu le vrai concours. Il fallait suivre un cours de danse, mais devant plusieurs professeurs et des jurés.

Pendant que sa sœur jumelle parlait, Émilie faisait des grimaces en douce.

– Et toi, si je comprends bien, tu as trouvé ça plutôt amusant ? lui demanda Jeanne en se tournant vers elle.

– Euh… C'est pas tout à fait ça… Marie a bien dansé et Elsa aussi. Moi bof, je ne sais pas trop. Mais il y a une fille qui s'est carrément retrouvée par terre. Tout d'un coup, on a entendu un gros « BOUM », on aurait dit un éléphant ! gloussa-t-elle, beaucoup plus détendue que durant l'épreuve.

– Avec un peu de chance, les examinateurs penseront plutôt à tous les jolis mouvements qu'elle a faits, suggéra Jeanne d'un ton rassurant. Les sauts comptent sans doute plus qu'une petite chute…

– En fait, on s'en fiche parce que c'est une fille pas sympa du tout, reprit Émilie. Elle n'a pas été gentille avec Marie.

– Ah bon ? s'étonna Jeanne.

– Oui, elle l'a regardée de haut en disant : « Tu te prends pour qui ? » Pour qui tu te prends toi-même, oui ! On l'a surnommée « TTPPQ ». Bien fait ! pouffa Émilie.

– Et puis elle a bousculé tout le monde, poursuivit Elsa. À un moment, au « milieu », elle a essayé de se mettre devant pour faire son intéressante. Alors si elle est éliminée parce qu'elle est tombée, ce sera tant pis pour elle.

– En tout cas, Émilie et Elsa ont été super avec moi, affirma Marie en regardant sa mère. Juste avant de commencer, je ne sais pas ce que j'ai eu. Je me sentais bizarre… Mes jambes étaient devenues toutes molles… On aurait dit du coton… Impossible de bouger. J'étais complètement perdue. Puis j'ai discuté avec les jumelles et je me suis un peu détendue. Et d'un seul coup, hop, j'ai pu me remettre debout ! Heureusement qu'elles étaient là.

– Merci pour ma fille, dit Jeanne, reconnaissante, en adressant un doux sourire aux deux fillettes.

– De rien, madame, répondit modestement Elsa.

– Oh, il ne faut pas m'appeler « madame » ! Moi, c'est Jeanne. Même Marie m'appelle comme ça parfois. Toute petite, quand elle a commencé à parler, elle entendait son père m'appeler « Jeanne » et elle voulait m'appeler comme ça aussi ! Alors s'il vous plaît, on oublie le « madame ».

– Bien, mada… Je veux dire, d'accord, Jeanne, répondit Elsa, toujours aussi polie.

6

Émilie commençait à s'enhardir. Des deux sœurs, elle était la plus blagueuse.

– En tout cas, en danse, il ne faut pas seulement arrondir les bras ou tendre les jambes : il faut aussi se serrer les coudes, pas vrai ? fit-elle en riant.

– Justement, dit Marie, tu avais l'air un peu triste après l'audition, alors je voulais te consoler un peu. Je me demandais si tu t'étais fait mal, mais le temps que je revienne des toilettes, tout le monde était parti. Où est-ce que vous étiez passées ? questionna-t-elle avec curiosité.

– Bah… Entre temps, la dame de l'organisation est venue nous dire qu'on devait partir, répondit Elsa. Alors on est sorties attendre sur les marches de l'Opéra. Au bout d'un moment, comme il faisait froid et qu'on ne te voyait pas arriver, on a décidé de marcher un peu. On a fait tout le tour, pour voir à quoi ça ressemble.

– Eh ben, je peux te dire que c'est énorme ! renchérit Émilie. Un vrai palais ! Super impressionnant…

– Justement, l'Opéra s'appelle le palais Garnier, ajouta Elsa.

– Je le savais, renchérit Marie. Je sais plein de trucs sur l'Opéra, moi aussi ! Je les apprends à la télé. Vous connaissez la série…

– … *L'Âge heureux* ! la coupèrent les deux sœurs, tout excitées. On adore !

Cela faisait deux ans que Marie ne ratait pas un épisode de son feuilleton préféré. Il racontait la vie des « petits rats » et la fascinait totalement. Les héroïnes Delphine, Julie, Tessa et leurs camarades de promotion ne se contentaient pas d'apprendre à danser : elles osaient braver la direction pour faire mille et une choses défendues. En suivant leurs aventures, Marie partait avec elles sur les toits de l'Opéra, galopait dans les coursives, se faufilait dans les réserves pour toucher des perruques ou essayer des costumes. À chaque épisode, elle accompagnait les petits rats, le cœur battant, dans les recoins les plus interdits du vénérable bâtiment.

– C'est le programme télé préféré de Marie, appuya Jeanne. Tous les mardis soir, elle a les yeux rivés sur l'écran, impossible de lui demander de faire quoi que ce soit d'autre. Hier soir encore, elle l'a regardé, bien sûr. Je la soupçonne d'avoir voulu reprendre la danse grâce à ces histoires de petits rats… Pas vrai, ma chérie ? Au moins je leur dois une fière chandelle : désormais j'ai une fille toute gracieuse à la maison, et pas un garçon manqué ! Ce n'était pas gagné au début…

Jeanne n'avait pas tort. Déçue de ne pas avoir pu s'inscrire au karaté ou au judo, Marie avait d'abord cessé de danser après un premier essai de six mois. Sa première enseignante la terrorisait. C'était une vieille fille aigrie, autoritaire, et la discipline du travail de l'en-dehors, des étirements et des écarts était exigeante. Certes, la danse avait appris à Marie à canaliser son énergie, mais elle ne s'était pas sentie heureuse. Or le bonheur de Marie était tout ce qui comptait pour sa mère. Des semaines et des mois passèrent. La petite était bonne écolière, mais s'ennuyait souvent le jeudi (à cette époque, les enfants avaient école le mercredi mais pas le jeudi). Aucune activité particulière ne semblait plus l'intéresser. Quand elle n'était pas invitée à jouer par l'une ou l'autre de ses amies, elle passait une partie de la journée au centre de loisirs. Lorsqu'elle allait la chercher, en fin d'après-midi, Jeanne s'inquiétait presque de son petit air morne. Jusqu'au jour où, comme par miracle, le feuilleton avait démarré à la télévision et, très vite, la maman avait vu naître chez sa fille une fascination pour la danse.

Ainsi, il existait un monde où tant de personnes travaillaient dur dans l'objectif de produire des spectacles grandioses ? Ainsi, dans ce monde-là, on s'épuisait à répéter mouvements et enchaînements difficiles pour ne montrer ensuite que grâce et légèreté, comme si on n'avait pas eu à faire d'efforts ? Épisode après épisode, Marie avait pris goût à cette magie. Et elle avait fini par réclamer à ses parents de l'inscrire à nouveau dans un cours de danse. Un vrai petit miracle !

– Vous vous rendez compte que l'École de danse de l'Opéra existe depuis Louis XIV, au XVIIe siècle ? reprit Elsa avec excitation. Les premiers petits rats ont peut-être dansé dans la même salle que nous aujourd'hui…

– Marie, je t'avais dit que ma sœur adorait les surnoms, mais elle aime aussi les dates ! fit remarquer Émilie. Et sur la danse, elle en connaît un rayon ! Je ne sais pas comment elle fait : elle retient tout et ça reste gravé comme dans le marbre. Et bien sûr, ça impressionne tout le monde.

– Ne te moque pas de moi, répliqua Elsa. Tu ne trouves pas ça intéressant de savoir que la meilleure école de danse russe, le Bolchoï, a été fondée au XVIIIe siècle ? Moi, je trouve ça carrément fantastique.

Émilie lança un clin d'œil à Marie.

– Qu'est-ce que je t'avais dit ! De nous deux, c'est elle le cerveau ! Bon ben… tu as compris : si jamais on est prises, il faudra qu'on mette des robes à crinoline et qu'on arrive en carrosse, comme à l'époque !

Jeanne regardait Elsa, impressionnée.

– C'est vrai que tu sais énormément de choses, souligna-t-elle. Bravo ! Je ne suis pas sûre que beaucoup de filles de ton âge savent qu'à Moscou aussi il y a une grande école de danse très réputée…

– Oh, c'est parce que maman nous en parle souvent, expliqua modestement Elsa. Elle a été ballerine là-bas…

– C'est vrai ? releva Marie, aussitôt intéressée et très surprise d'apprendre cela. Votre maman a été danseuse ?

– Oui. Elle ne danse plus sur scène maintenant, mais elle donne des leçons. C'est pour ça qu'elle n'est pas avec nous aujourd'hui. Comme c'est le début de l'année, le mercredi après-midi, elle a plein d'élèves.

– Oui. Et ma sœur est aussi passionnée par la danse que maman. À la maison, je suis cernée ! pouffa Émilie.

– Eh bien, vous avez de la chance ! s'exclama Jeanne. Au moins quelqu'un s'y connaît dans votre famille. Nous, quand Marie a dit qu'elle voulait passer le concours de l'Opéra, on n'en revenait pas, son père et moi. Bien sûr, nous connaissions le ballet de l'Opéra, mais nous n'avions aucune idée de la façon de l'intégrer. On a pas mal hésité… Finalement, c'est son professeur, Geneviève, qui nous a convaincus. Alors on s'est dit : « Après tout, Marie n'a rien à perdre… »

– Nous, on n'a pas eu besoin de demander. Maman s'était renseignée d'avance, expliqua Émilie.

– Au moins je saurai à qui poser des questions sur l'école, si un jour je rencontre votre mère, dit Jeanne.

En l'entendant, Marie se rembrunit. Elle ne pouvait pas s'empêcher d'éprouver de l'appréhension à l'approche des résultats.

– « Si un jour… », souligna-t-elle d'un air lugubre, tête baissée. Sauf si je ne suis pas prise et qu'on ne se revoit jamais.

– Eh bien qu'est-ce qui t'arrive, tout à coup ? répliqua sa mère. Tu en fais une tête… Tant qu'on n'a pas les résultats, il faut rester optimiste. Bien sûr, vous êtes nombreuses à avoir auditionné et ils en élimineront forcément parmi vous toutes. Mais il faut se dire qu'ils en prendront aussi. Si vous réussissez toutes les trois, ce sera formidable, et si vous n'êtes pas prises, ce ne sera pas grave. Alors ne t'inquiète pas, d'accord ?

– D'accord, acquiesça Marie, sans parvenir à sourire.

– Et puis, la bonne nouvelle, c'est que tes camarades et toi pourrez toujours vous revoir, conclut sa mère. On les invitera chez nous.

– C'est vrai ? demanda Elsa.

– Super ! Génial ! s'écriait déjà Émilie.

– Et tu sais, insista Jeanne en regardant sa fille, je la sens bien, cette audition. Bon, c'est un peu idiot… Je ne peux pas m'avancer… L'intuition, n'est-ce pas ? Mais je suis sûre que tu t'es très bien débrouillée, mon poussin…

– Chut, maman ! la corrigea Marie aussitôt, ses joues prenant une teinte rosée. Je t'en supplie, ne m'appelle pas « poussin »…

Elle éprouvait de la gêne, mais elle croisa alors le regard de ses deux amies et, au lieu de la moquerie qu'elle redoutait, elle y lut une fois de plus de la complicité. Toutes les trois éclatèrent de rire en même temps.

– « Poussin »… C'est joli, commenta Elsa. Moi, maman me surnomme « ma puce » et Émilie, c'est « mon chaton » alors…

– Et puis tu sais, t'étais trop mignonne en jaune à l'audition, ajouta sa sœur. Un vrai petit poussin tout doux à caresser. Tu te rends compte ? Un chaton et un poussin dans la même salle de danse. Y a de quoi craquer, non ?

– Ouais, ironisa Marie. C'est sûr que les jurés ont dû bien me remarquer…

– Moi, je pense que tu les as surtout impressionnés, insista Émilie. Chanceuse, va ! Nous, on était comme tout le monde : en blanc et en rose. Tu te rends compte qu'il y en a une qui s'est même crue obligée de dégringoler par terre pour attirer l'attention ?

Comme elle faisait de grands gestes pour mimer la chute d'Aurore, Émilie faillit bousculer le serveur qui apportait les tasses et le chocolat chaud sur un plateau. De justesse, il parvint heureusement à garder l'équilibre. Des taches brunes sur son grand tablier blanc n'auraient pas été du plus bel effet.

– Aïe ! fit Elsa.

– Ooooh ! finit Marie.

– Oups ! s'excusa Émilie.

Elles pouffèrent de rire. Décidément, toutes les trois appartenaient à un seul et même camp : celui des alliées.

7

Les filles s'étaient tues. Songeuses, elles sirotaient leur chocolat, le regard fixant un point dans le vide. Jeanne consulta furtivement sa montre : encore une trentaine de minutes à attendre. Bien qu'elle ait recommandé à Marie de ne pas s'inquiéter, une certaine fébrilité commençait à la gagner. Pour ne pas laisser deviner son impatience, elle détourna la tête et se mit à observer la rue à travers la vitre du café. Le ciel commençait déjà à s'assombrir. À cette heure de sortie des bureaux, des dizaines d'hommes et de femmes quittaient leur travail pour se diriger vers la station du métro. Tous marchaient d'un pas pressé sous la pluie fine qui avait commencé à tomber. Certains baissaient la tête en serrant contre eux les pans de leurs imperméables, tandis que les plus prévoyants ouvraient leurs parapluies.

« Métro Opéra, se dit Jeanne pleine d'espoir. *Peut-être que bientôt ce sera la station de Marie, si elle est prise à l'École. Elle devra sans doute séjourner à l'internat. Je devrai me séparer d'elle... »*

Elle poussa un petit soupir. L'idée même de voir sa fille quitter le nid lui serrait le cœur. Cependant, elle devait bien admettre que leur appartement était sans doute un peu trop éloigné pour que la petite puisse rentrer chaque soir à la maison sans être fatiguée. Et de toute façon il n'y aurait pas le choix, car elle n'imaginait pas son « petit poussin » prendre le métro toute seule à neuf ans !

« … et demi ! » insistait toujours Marie.

Certes, cinq petits mois la séparaient de ses dix ans et elle devenait de plus en plus raisonnable, mais aux yeux de sa mère ce n'était encore qu'un tout jeune âge.

« Si Marie est prise... Si le destin en décide ainsi, ce sera une grande chance pour elle, se persuada Jeanne. *Il faudra bien que j'accepte la situation... »*

Dans le café, les voix s'étaient apaisées. Seuls des bruits de verre, de tasses ou de couverts s'élevaient par moments dans l'un ou l'autre coin de la salle. Jeanne balaya l'espace des yeux. Elle ne pouvait pas voir toutes les autres mères, qui, comme elle, attendaient l'heure des résultats au côté de leurs filles. Plusieurs d'entre elles s'étaient renfoncées sur leurs sièges, cachées dans les alcôves, mais elle pouvait imaginer leurs visages fermés ; beaucoup devaient être au moins aussi stressées que leurs enfants.

« À cette heure-ci, on est toutes pareilles, pensa-t-elle avec sagesse. *On essaie de ne pas trop rêver, tout en rêvant un peu quand même... Il y a des moments comme ça où les minutes semblent plus longues, comme si la vie se retenait de respirer. Pourvu que ça marche ! »*

– Au secooouuuurs ! grinça soudain Marie, les dents serrées.

Jeanne tressaillit, tirée de ses pensées.

– Hein ? Quoi ?

En levant les yeux, elle découvrit une fillette pleine d'allure, qui se dirigeait vers leur table d'un pas résolu. Son beau chignon doré et son port de tête parlaient d'eux-mêmes : c'était encore l'une des petites danseuses en herbe qui étaient venues concourir comme sa fille. Les jumelles jetèrent un rapide coup d'œil dans sa direction.

– Ho hoooo… répondirent-elles en écho à Marie.

Cinq secondes plus tard, Aurore se dressait devant leur table.

– Tiens ! Comme on se retrouve… lança-t-elle tout d'abord avec dédain.

Du regard, elle scruta tour à tour les visages de Marie, d'Elsa et d'Émilie, comme si elle voulait y déchiffrer quelque chose. En réponse, et sans se concerter, les trois filles avaient prudemment préféré se taire. Puis Aurore afficha brusquement un grand sourire forcé et sa mine guindée se transforma du tout au tout.

– Bonjour madame, articula-t-elle, le bras tendu vers Jeanne.

Bien qu'un peu surprise, cette dernière lui répondit par un sourire engageant et tendit la main à son tour.

– Bonjour. Comment t'appelles-tu ?

Marie se raidit en voyant sa mère serrer la main de sa rivale.

– Aurore. Aurore Bessier, souligna la fillette, qui croyait faire son petit effet.

Contrairement à ce qu'elle espérait, Jeanne ne fit aucun commentaire. Elle ne connaissait pas suffisamment le milieu de la danse pour que le nom de famille d'Aurore puisse l'impressionner. Vexée, celle-ci reprit cet air supérieur qui horripilait les autres filles.

– Tu as passé le concours, toi aussi, c'est bien ça ? reprit Jeanne.

– Oui. J'étais avec vos filles, répondit Aurore sèchement.

– Oh, je suis seulement la maman de Marie, précisa Jeanne en la désignant de l'index.

– En tout cas, pour moi, ça s'est très bien passé, déclara Aurore, pleine d'assurance.

– Ah, très bien ! Parfait ! répondit Jeanne. Et… Tu veux t'asseoir avec nous, toi aussi ? demanda-t-elle, sans remarquer le regard furibond de sa fille. Les camarades de Marie sont les bienvenues. On peut se serrer un peu…

Cette fois, Elsa pinça les lèvres, tandis qu'Émilie toussotait en contractant les poings, mais Jeanne ne le remarqua pas non plus. Pourtant, malgré les apparences, la tension montait.

– Non merci, madame. En fait, je suis déjà à une table au fond là-bas. Avec ma maman. Mais je suis contente de vous rencontrer.

– Ah bon ? Eh bien, c'est gentil, ça !

– Oui, continua Aurore, ça tombe bien parce que… comme ça, je peux en profiter pour vous parler.

Ses yeux s'attardèrent sur les banquettes, comme si elle y cherchait quelque chose.

– Votre fille a volé quelque chose qui m'appartient, tout à l'heure, lâcha-t-elle.

Jeanne sursauta comme sous le coup d'une décharge électrique.

– Qu'est-ce que tu dis ? Ma fille t'a… quoi ?

Estomaquée, Marie se mit à balbutier :

– Elle… elle dit n'im… n'importe quoi, maman, lâcha-t-elle.

Même si elle n'avait rien à se reprocher, elle ne savait plus où se mettre, prise au dépourvu par cette fausse accusation. Comme chaque fois, l'aplomb d'Aurore la laissait sans voix.

– N'importe quoi ? reprit celle-ci sur un ton de défi.

Elle se rapprocha de la table et fixa Marie.

– Alors explique à ta mère pourquoi tu t'es retrouvée toute seule dans les vestiaires, alors qu'on était toutes parties, hein ? Quand j'ai ouvert la porte, je t'ai vu fourrer des affaires dans ton sac. N'essaye pas de mentir. Il y avait mon porte-bonheur. Et tu l'as pris. Avoue ! finit-elle en criant.

– Mais enfin, qu'est-ce qui te prend, ma petite ? répliqua Jeanne, interloquée.

Ses yeux écarquillés passèrent d'Aurore à Marie et de nouveau à Aurore, sans qu'elle parvienne à comprendre ce qui avait transformé la gracieuse jeune fille blonde en une furie. Heureusement, cette fois, Marie n'était plus seule. La présence des jumelles lui donna la force de répliquer :

– Non mais tu vas venir me faire la leçon combien de fois comme ça ? J'ai rangé mes affaires et je n'ai pas pris ton porte-bonheur. Je te l'ai déjà dit. Alors laisse-moi tranquille.

– Oui et tu n'as pas intérêt à traiter ma copine de menteuse ! renchérit Émilie.

– … ni de voleuse, ajouta Elsa.

– Je ne le leur fais pas dire, fit Jeanne, qui n'en revenait pas.

– D'ailleurs, ricana Marie, franchement, qu'est-ce que je pourrais bien faire d'un âne en peluche ? C'est ridicule !

– Un âne en peluche ? se moquèrent les jumelles en l'entendant. Ha ! Ha ! Ha !

Mais Aurore ne l'entendait décidément pas de cette oreille. Avant que quiconque ait pu l'en empêcher, elle se pencha vers Marie et se mit à la tirer par le col, forçant la fillette à se lever de la banquette sur laquelle elle était installée.

– Tu vas me rendre Amadeus, tu as compris ? Tu vas me le rendre tout de suite ! Je t'ai vue ! Je suis sûre qu'il est dans ton sac ! Rends-le-moi !

C'en était trop cette fois, Jeanne dut s'interposer : elle se leva à son tour et tenta de tirer Aurore en arrière.

– Lâche ma fille tout de suite, tu as compris ? dit-elle en haussant la voix. Non mais ça ne va pas, non ? Est-ce que c'est une façon de se comporter ? Je pensais que tu étais une enfant bien élevée. Jamais je n'aurais cru que tu pouvais te transformer en harpie !

Une autre voix d'adulte se fit alors entendre :

– Veuillez lâcher cette enfant immédiatement, madame ! Je ne vous laisserai pas toucher à un cheveu de ma fille. Vous n'avez pas le droit. Je peux porter plainte…

Jeanne se retourna et découvrit le visage d'une femme dont la ressemblance avec Aurore était frappante. Sa mère, sans aucun doute.

– Eh bien moi, je vais porter plainte aussi, s'il le faut, rétorqua Jeanne. Car je ne permettrai à personne d'accuser ma fille comme ça. Et je n'ai besoin d'aucune preuve. Marie n'a jamais rien volé de sa vie, je peux vous le dire !

Un troisième adulte intervint.

– Pourriez-vous me laisser passer, s'il vous plaît ?

C'était le serveur qui, d'une main, tenait un plateau chargé de diverses commandes. Le gérant du café le rejoignit et, d'une voix calme et grave, ordonna au petit groupe de se calmer. Mais c'était déjà trop tard. L'énervement et la colère gagnaient tout le monde. Le ton monta, les voix s'entremêlèrent, les uns tentant de parler plus fort que les autres. Aurore se mit à hurler :

– Ouvre ton sac ! Ouvre-le tout de suite !

– Rends-lui Amadeus immédiatement ! insista sa mère.

– Ne bouge pas, poussin ! ordonna Jeanne.

– Pas question, répondit Marie.

– Tu as raison ! acquiescèrent les jumelles, qui ne pouvaient pas s'empêcher de mettre leur grain de sel dans la dispute.

Au bord de la crise de nerfs, les filles comme les mères se défiaient du regard. Quelqu'un bouscula le serveur, faisant valser des tasses, des verres et des bouteilles de soda qui se brisèrent en atteignant le sol. Le gérant, qui était resté très calme jusque-là, finit par voir rouge, exigeant qu'on lui règle les consommations et que quelqu'un lui rembourse la vaisselle. Au milieu de cet énorme imbroglio de voix et de porcelaine cassée, quelqu'un eut soudain l'idée d'ouvrir une fenêtre. La fraîcheur de l'air et le bruit de la rue rappelèrent à tous que le soir venait.

Une voix s'éleva dans la confusion :

– Quelle heure est-il ?

Il était temps de retourner à l'Opéra, pour connaître les résultats de l'audition. Les jumelles boutonnèrent leurs manteaux. Jeanne régla les boissons. La mère d'Aurore paya la vaisselle. En se glissant hors de sa banquette, Marie renversa son sac. Une boule grise en sortit et Aurore se précipita par terre pour l'attraper. Elle fit une grimace en déroulant, hébétée, un simple tissu de soie gris. Amadeus, l'âne gris, était en réalité le foulard de Jeanne.

– Alors, tu vois ? s'exclama Marie la voix blanche de colère. Ton âne n'est pas ici.

Les jumelles se moquèrent et Marie s'éloigna avec elles d'un pas triomphal, la main dans celle de sa mère, décidée à oublier cette horrible fille qui n'était bonne qu'à embêter les autres. Quelle plaie ! Pourvu qu'elles ne croisent plus jamais sa route ! se dirent-elles.

8

Le parvis de l'Opéra était noir de monde. Autour de Marie se trouvaient non seulement les candidates qui avaient passé le test de sélection le jour-même, mais aussi toutes celles qui l'avaient déjà passé plus tôt dans la semaine, sans compter leurs accompagnants. Cette foule impressionnante donna des vertiges à Marie. Heureusement, les mains de sa maman, posées sur ses épaules, la rassuraient un peu.

La dame en col roulé gris et à la jupe noire se présenta à l'heure dite en haut des marches de l'Opéra.

– Veuillez me suivre.

Elle s'était contentée de prononcer ces trois mots sèchement, sans les agrémenter du moindre sourire. Sans attendre de réponse ou de réaction, elle tourna le dos au groupe et rentra à nouveau dans la bâtisse, puis s'engagea dans un couloir, indiquant aux jeunes danseuses la direction à suivre. Cependant, Marie avait eu le temps de croiser son regard d'aigle, derrière les verres épais de ses lunettes. Cela n'avait duré qu'une fraction de seconde, mais ce seul instant avait suffi pour qu'elle se sente transpercée par cet éclair noir et fugace. Elle réalisa à quel point le moment comptait pour elle et combien elle se sentait fragile.

« Pourvu que ça marche ! » se répéta-t-elle intérieurement, comme elle se l'était dit mille et une fois depuis la fin de l'audition.

À ses yeux, les mots « avenir » ou « horizon » rimaient définitivement avec « Opéra ». La danse était entrée dans sa vie comme la sève montant le long de la tige d'une plante et lui donnant la vie. La nuit, dans ses rêves, ses jambes se chaussaient de pointes qui l'aidaient à virevolter avec grâce sur les scènes du monde entier. Le jour, elle devait se contrôler pour ne pas marcher en canard, les pieds sans cesse en dehors, comme si à tout instant elle se préparait à faire un développé ou un grand écart. Quand elle était petite, les murs de sa chambre étaient couverts de photos de judokas célèbres et d'animaux. Au fil des ans, elles avaient été remplacées par des posters de ballerines et de danseurs du monde entier. Cette « drôle de maladie », comme disait son père pour parler de sa passion, l'avait gagnée petit à petit. Grâce au feuilleton télévisé bien sûr, mais aussi en raison du génie de Geneviève, son deuxième professeur. Une véritable bonne fée.

– Bonjour mes petits choux, disait mademoiselle Geneviève en débutant chacun de ses cours.

Un sourire rayonnant suivait toujours cette première phrase. La fée Geneviève connaissait l'art d'encourager…

* * *

Marie sursauta. Mademoiselle Bessier et Cyril Asnatoff venaient de faire leur entrée dans la salle. Un silence de mort remplaça instantanément les murmures que l'on avait entendus jusque-là. S'efforçant de dissimuler leur angoisse, les mères et les filles se tenaient debout, épaule contre épaule, dans l'attente de la décision du jury.

Émilie tenta une blague :

– On s'ennuie comme des rats morts… des petits rats morts ! chuchota-t-elle sans réussir à détendre l'atmosphère.

Marie entendit sa mère, derrière elle, prendre une longue inspiration avant d'expirer bruyamment. Jeanne avait beau essayer de le cacher, elle était encore plus tendue que sa fille.

– Tu n'as pas oublié ce qu'on a dit avec papa, hein ? lui glissa-t-elle en se penchant vers elle, comme si elle cherchait à se rassurer elle-même. Si tu ne l'as pas, ce n'est pas grave…

– Oui, répondit Marie.

Mais dans sa tête elle pensait à ce qu'elle avait répondu alors : « Je vais réussir, vous verrez. » Il y avait une bonne dose d'orgueil dans cette façon de voir les choses. « Sacré tempérament ! » souriait Geneviève, toujours prompte à encourager l'originalité en chacun de ses élèves. Elle parlait de Marie comme d'une « flamme », d'un « feu follet »... Pour l'heure, Marie se sentait aussi tendue que l'arc d'une onde électrique, même si elle parvenait à garder un certain calme en apparence. Jusque-là, rien dans sa vie n'avait eu une importance aussi grande à ses yeux.

– On est dans un drôle d'état, dit quelqu'un derrière elle.

Elle se retourna et découvrit la jeune fille qui l'avait soutenue face à Aurore, dans le vestiaire. Deux longues nattes encadraient désormais son visage.

– Comment tu t'appelles ? murmura Marie.

Elle eut tout juste le temps de glisser : « Leïla ! » que Cyril Asnatoff s'éclaircissait la gorge en toussotant.

– Hum, hum ! Mesdemoiselles, mesdames et messieurs… commença-t-il avec gravité.

Après un coup d'œil à la salle, il se reprit :

– Si tant est qu'il y ait des messieurs en dehors de moi ici… Nous allons maintenant vous communiquer par ordre alphabétique les noms des quarante jeunes filles sélectionnées à l'issue de l'audition et uniquement celles-ci. Nous vous prions par avance de bien vouloir quitter la salle au fur et à mesure que vous aurez entendu – ou pas – votre nom sur la liste. Nous prendrons contact par téléphone dès demain matin avec les familles concernées par la suite.

Il s'interrompit quelques instants avant de reprendre.

– Croyez bien que les discussions furent longues et réfléchies pour départager tout le monde. C'est pourquoi les décisions du jury sont souveraines : aucune négociation ne sera possible après l'émission de cette liste. Nous n'admettrons pas une élève de plus que les quarante que nous allons nommer.

Dans la salle, tout le monde était en apnée.

Cyril Asnatoff se tourna vers mademoiselle Bessier. Elle commença à lire la liste :

– Lison Achard, Anabelle Baron, Laure Besson, Lou Cottigny, Mylène Chaume, Garance Coudert…

Pour se donner le change et surmonter sa tension, Marie s'était mise à compter à rebours.

– Quarante, trente-neuf, trente-huit, trente-sept, trente-six… murmurait-elle à voix très basse.

D'un seul coup elle sursauta. Venait-elle d'entendre le nom d'Aurore ou pas ? Aurore ou Laure ? Avait-il dit Bessier ? Bessière ? Bestier ? Besson ? Bessot ? Elle ne savait plus ce qu'elle devait croire. Tout se mélangeait dans sa tête. Aurore passa devant elle précisément à ce moment-là. Marie fut incapable de déchiffrer le sens de son allure si contrôlée et hautaine. Cachait-elle sa déception ou au contraire contrôlait-elle sa joie ? En la voyant sortir, la nervosité de Marie monta d'un cran. Elle s'apprêtait à tirer sa mère par la manche pour l'interroger, quand des cris retentirent à l'autre bout de la salle.

– Qu'est-ce qu'elle a ?

– Vite ! Elle fait un malaise !

– Poussez-vous ! Poussez-vous !

– Ouvrez la fenêtre, il lui faut de l'air…

– Il faudrait la transporter hors d'ici…

– Elle est évanouie, non ?

Une fillette venait de tomber à la renverse. Un cercle s'était formé autour d'elle et des clameurs s'en échappaient. Du côté de l'estrade en revanche, Cyril Asnatoff et Claude Bessier demeuraient d'un calme olympien. Apparemment très habitués à ce genre de cacophonie, ils échangèrent des regards compatissants en attendant que le brouhaha s'apaise. Pour ramener le calme pendant que l'on évacuait la fillette, Cyril Asnatoff toussota de nouveau.

– Quelqu'un peut-il accompagner cette jeune personne à l'extérieur afin qu'elle reprenne un peu d'air ? Nous sommes vraiment désolés… Ce genre de concours donne souvent le sentiment d'être cruel et injuste mais, comme je l'ai dit tout à l'heure, c'est malheureusement la règle du jeu. Bon. On va reprendre si vous le voulez bien.

La danseuse fut évacuée hors de la salle et Claude Bessier reprit implacablement la lecture des noms de la liste.

– Voyons… j'en étais à trente, je crois, commença-t-elle, sourcils froncés. Oui, c'est ça, alors je continue : Juliette Fauchet, Marina Fiche, Ludivine Godard…

En même temps qu'elle, Marie se remit à compter.

– Trente, vingt-neuf, vingt-huit, vingt-sept, vingt-six…

Au fur et à mesure, la salle se vidait.

– Elsa Golovinoff, Émilie Golovinoff, Leïla Hamdane, Gaëlle Huet…

Devant Marie, les jumelles tombèrent dans les bras l'une de l'autre, tandis que derrière elle Leïla poussait un cri de soulagement. Pétrifiée, Marie se sentait tout à la fois heureuse pour ses nouvelles amies et incapable de réagir. C'est qu'elle avait encore l'oreille tendue vers la liste des noms que la directrice de la danse continuait à égrener. Allait-elle en faire partie ou en être exclue ? Son regard accompagnait parfois les fillettes qui quittaient les lieux au fil de l'énumération. Comme toutes celles qui les avaient précédées, les jumelles durent s'en aller, mais elles lui jetèrent en partant des regards pleins de sollicitude.

Marie continuait à s'accrocher aux chiffres, qu'elle énonçait à mi-voix :

– Quinze… Quatorze…

– Marie…

Elle se tétanisa en entendant son prénom.

– Marie…-Paule Lemarchand, fit Claude Bessier.

Un immense soupir échappa à Jeanne. Marie, elle, n'arrivait plus à respirer.

– Marie… Lorenzo… Marie… Madelin… Cécile Maroni… Marie Neumann…

Décidément ! Comment pouvait-il y avoir autant de filles portant le même prénom ? Marie reprit un peu d'air. Le sang se remit à circuler dans ses veines. Elle s'aperçut qu'elle avait perdu le fil de son décompte. De toute façon, elle n'avait plus rien à quoi se raccrocher : l'attente s'était transformée en torture.

Tout à coup, elle vit sa mère se tourner vers elle, le visage congestionné. Sa peau était passée d'une pâleur extrême au rouge coquelicot très vif. Bouche ouverte, elle essayait d'articuler quelque chose sans y parvenir. Les jambes de Marie se mirent à flageoler. Elle trembla à l'idée que sa mère puisse être prise d'un malaise. Elle la vit avancer vers elle, les bras tendus alors qu'un vague sourire se dessinait sur son visage. Jeanne fit un pas, un deuxième et finit par s'affaisser en pleurant sur les épaules de sa fille. Ses nerfs avaient lâché.

– Mon petit poussin, hoqueta-t-elle, tu as réussi ! C'est gagné ! Bravo ! Bravo !

9

Il avait suffi d'une seule seconde pour que le supplice de l'attente disparaisse, transformé en un mélange de soulagement et de joie. Comme après une secousse, Marie avait la tête qui tournait et les jambes qui flageolaient. Son cœur était au bord de l'explosion ! Si on l'avait interrogée, elle aurait été incapable de dire où elle se trouvait.

Jeanne fut la première à se ressaisir. Elle serra longuement sa fille dans ses bras avant de s'écarter et de planter ses yeux dans les siens.

– Toi alors ! dit-elle, le regard pétillant de fierté. Toi alors !

Elle secoua la tête, encore incrédule.

– Viens vite, allons-y, finit-elle à mi-voix.

Elle prit Marie par la main et l'entraîna hors

de la salle. Elsa, Émilie, Leïla, toutes avaient disparu. À moins qu'elles aient été présentes mais cachées par le voile translucide de ce très grand bonheur.

– Viens vite, il faut qu'on appelle ton père tout de suite ! s'écria Jeanne qui, peu à peu, retrouvait son sens pratique.

Elle chercha une cabine téléphonique des yeux, tout en fouillant dans son sac à la recherche de quelques pièces de monnaie. Mais les trois cabines de la place de l'Opéra avaient été prises d'assaut par des mamans comme elle, toutes pleurant de joie ou de tristesse. Que faire ? Téléphoner d'un café ? Jeanne se ravisa.

– Je te parie qu'on va devoir faire la queue aussi pour appeler de la brasserie, marmonna-t-elle. Tant pis, prenons un taxi ! De toute manière, je suis incapable de marcher.

Et c'est ainsi que, pendant que leur carrosse glissait au long des rues, la reine et la princesse avaient commencé à savourer la nouvelle.

– Rue Carolus-Duran, dans le XIXe arrondissement, indiqua Jeanne au chauffeur.

Ne pouvant se retenir davantage, elle ajouta avec fierté :

– On doit rentrer vite, vous comprenez, pour appeler la famille… Ma fille va… devenir un rat !

Dans le rétroviseur, les yeux du conducteur montraient clairement son incompréhension, mais Jeanne n'y prêta guère attention. À travers les vitres du véhicule, elle regardait la ville comme s'il s'était agi d'un film. En ce début de soirée, les rues de Paris semblaient avoir changé : c'était comme si la ville entière était devenue féerique. La pluie s'était arrêtée. Les réverbères lançaient mille feux, nimbant les trottoirs mouillés d'éclats de lumière. Comme dans une comédie musicale, les enfants sautillaient dans les flaques, les passants faisaient virevolter leurs parapluies, les automobilistes souriaient patiemment aux feux rouges. Tout Paris avait l'air de célébrer la réussite de Marie. Quant à elle, son cœur était sur le point d'exploser. Arrivée au pied de l'immeuble, elle n'en laissa pas moins sa mère prendre l'ascenseur pendant qu'elle gravissait à toute allure les six étages, les clés en main. Une fois en haut, elle déverrouilla la serrure et bondit dans l'appartement. Dans l'entrée, elle poussa enfin le cri de triomphe qu'elle avait retenu jusque-là.

– J'ai réussiiiiiii !

Arrivée quelques instants plus tard, Jeanne se précipita sur le combiné du téléphone et composa hâtivement le numéro du centre médical. Pendant ce temps, Marie ôtait son manteau et son cache-cœur, défaisait son kilt et sautait dans un collant et un justaucorps propres. Quelques secondes plus tard, elle se lança dans une improvisation pleine d'élan où les entrechats* se mêlaient aux fouettés* et aux déboulés*. Tandis qu'elle passait d'une pièce à l'autre, elle entendit la voix surexcitée de sa mère, pendue au téléphone :

– Jacques, c'est fou : elle est reçue ! Notre petite fille va rentrer à l'Opéra !

L'émotion la submergeait totalement, si bien qu'elle était incapable de garder son calme.

– Oui ! Dépêche-toi de rentrer ! conclut-elle avant de raccrocher.

Jeanne n'avait même pas retiré son manteau ni enfilé sa paire de chaussons. Et durant tout ce temps, elle était restée debout dans le vestibule !

– Ton père quitte le bureau sur-le-champ, annonça-t-elle à Marie. Il est tellement content…

Elle se laissa tomber de tout son poids sur le fauteuil le plus proche, joignit les mains, croisa puis décroisa les doigts, se releva presque aussitôt et se mit à chercher fébrilement le répertoire téléphonique. Elle devait à tout prix appeler la famille, en Corse. Et justement, Marie venait d'avoir la même idée : appeler elle aussi l'île de Beauté, et surtout Tina ! Un oncle, une tante, un cousin et une grand-mère plus tard, elle put enfin partager la grande nouvelle avec son amie.

– J'ai réussiiiiiii ! lui annonça-t-elle dès les premières secondes.

– Bravoooooo ! s'écria Tina en écho. C'est géniaaaaaal ! Super extra formidable ! J'ai pas arrêté de penser à toi toute la journée.

– Oh ! T'es trop sympa ! s'exclama Marie. Ça s'est passé comme dans un rêve… Après, on a dû attendre deux heures pour savoir… Et à la fin, quand ils ont donné les résultats, je n'ai même pas entendu mon nom ! Tu te rends compte ? Le pire, c'est que maman a fondu en larmes et moi, j'ai cru que je n'étais pas prise. Sauf que c'étaient des larmes de joie !

– Tu as vraiment dû avoir la trouille, fit remarquer Tina.

– Ah là, là ! J'ai tellement de trucs à te raconter… Si tu savais ! C'était super impressionnant ! En même temps, je ne me rappelle même pas très bien l'audition… Mais j'ai rencontré deux filles super : Émilie et Elsa, des jumelles !

– Pas aussi super que moi, quand même ? demanda Tina.

– Ha ! Ha ! Ha ! Personne ne peut être comme toi, tu sais bien ! s'esclaffa Marie. J'ai aussi fait la connaissance de ma pire ennemie… Aurore Bessier, de la famille de Claude Bessier. Elle faisait la tête et elle regardait tout le monde de haut, dans le genre : « C'est moi la plus belle. » Une horreur !

– Elle a été prise ?

– Non… Enfin… je n'en sais rien, mais je crois que non en fait… Ouf ! Bon débarras.

– Dommage ! J'imaginais déjà un nouveau ballet intitulé *Règlements de comptes à l'Opéra*, avec toi dans le rôle de la gentille « princesse Marie » et elle dans celui de la « sorcière Horreur ».

Marie éclata de rire.

– Quelle imagination !

– Mais tu sais bien…

– « Je suis ta tête et tu es mon corps ! » s'exclamèrent-elles en chœur.

Les deux amies avaient trouvé cette formule durant l'été de leurs six ans. Cette année-là, un terrible accident de cheval avait anéanti pour toujours le fonctionnement de la jambe gauche de Tina. Pour les deux complices, ce drame avait signé la fin de belles années d'insouciance. Après avoir subi plusieurs opérations chirurgicales, Tina connut la traversée de longs mois de souffrances physiques autant que psychologiques. Sonnée, épuisée, elle faillit s'enfermer dans le silence et la morosité. Mais l'amour de sa famille et l'amitié profonde qui la liait à Marie depuis leur plus jeune âge lui avaient redonné goût à la vie. C'est alors qu'elles avaient mis au point leur devise : « Je suis ta tête et tu es mon corps ! » L'année suivante, encore appareillée, Tina avait repris courageusement l'équitation. Depuis trois ans, elle s'adonnait avec sérieux à ce qui était devenu pour elle une passion, envisageant même d'en faire son métier un jour… malgré ses béquilles.

Quant à Marie, elle admirait la force intérieure de son amie et son sens de l'humour aiguisé.

– Et tes nouvelles copines, elles ont été prises ?

– Oui. Mais je n'ai pas pu les voir après l'annonce des résultats. Elles se sont volatilisées… À moins que ce soit moi. Maman était tellement émue qu'elle m'a emmenée très vite dehors… Je n'ai rien compris.

– Tu vas les revoir sans tarder, de toute façon.

– Oui. J'aimerais juste ne plus jamais croiser Aurore !

– Horreur, tu veux dire ? la taquina Tina. Tu commences quand alors ?

– Euh… je n'en sais rien ! En dehors de l'inscription au concours, papa et maman ne se sont pas tellement renseignés. Comme mademoiselle Geneviève avait dit que c'était rare de réussir du premier coup…

– Et finalement tu as été prise ! Et maintenant, tu crois que ça va être comme dans le feuilleton ? Tu apprends la danse, tu fais des spectacles, tu dors et tu vis à l'Opéra ? Ce serait incroyable.

Imagine que la nuit, si tu te lèves pour boire un peu d'eau, tu croises le fantôme de l'Opéra… Hou, hou-ou-ou-ou !

Marie éclata de rire.

– Je n'en sais rien, je te dis ! On va avoir des explications dans les jours qui viennent… Ils doivent téléphoner pour donner des rendez-vous aux parents…

– Tu as de la chance, n'empêche ! Tu ne vas plus avoir besoin d'aller à l'école comme tout le monde…

– Surtout dans mon horrible école ! Les bonnes sœurs sont tellement sévères… Franchement, je suis bien contente de pouvoir leur tourner le dos…

Jusque-là, Marie fréquentait une école privée de son quartier, tenue par des religieuses. Certes, elle était bonne élève et apprenait mille et une choses, mais la discipline et la rigueur des professeurs lui paraissaient étouffantes.

Tina gloussa :

– Bien fait pour elles ! Elles sont trop dures. Et comme en plus tu ne t'es pas fait de grandes copines là-bas, tu devrais y aller le jour de la rentrée, juste pour leur dire : « Salut tout le monde ! Désormais je ne viendrai plus. Je vous laisse, c'est trop nul ici. Bisque, bisque, rage ! On m'attend à l'Opéra ! » Après, tu leur tires la langue et tu ne les revois plus jamais. Elles vont faire une de ces têtes…

– Euh… Tu n'es pas un peu dure ? tempéra Marie. C'est vrai que je n'ai aucune amie comme toi là-bas, mais de là à être désagréable…

– Moi, poursuivit Tina, toujours dans ses pensées, j'aimerais bien arrêter l'école comme toi. Comme ça, je me consacrerais uniquement au cheval. Tiens, c'est une idée, pas vrai ? Je vais peut-être demander à mes parents la permission de ne pas faire la rentrée dans dix jours… Je dirai que je dois apprendre à monter au centre équestre, que je dois étudier au centre équestre et même habiter dans les écuries. Tu crois qu'ils vont accepter ?

– Pourquoi pas ? Peut-être qu'ils seront contents que ça ne sente plus le crottin à tous les étages de la maison ! ricana Marie.

– Non mais tu es culottée ! s'écria Tina. Est-ce que tu te rends compte que tu parles à ton plus fervent soutien et à ta première fan, là ? Et c'est comme ça que tu me traites ?

– Mes excuses, se rattrapa Marie, mes plus plates excuses, ô toi ! reine des cavalières, souveraine du Royaume de la Galopade échevelée…

– Ah ! Enfin un peu de respect ! répliqua Tina. Au fait, je ne t'ai pas dit : il y a un nouveau cheval au centre ! Il s'appelle Magnifique. Fabuleux, non ?

Marie se remit à rire :

– Ha ! Ha ! Ha ! C'est Fabuleux ou Magnifique, son nom, finalement ? Et moi, je ne t'ai pas dit : j'ai vu mademoiselle Bessier et Cyril Asnatoff. En personne. Tu te rends compte ? Tu sais qui c'est ?

– Voyons, voyons… fit Tina, en feignant de réfléchir. Ce ne serait pas la directrice de la danse et le grand danseur dont tu me parles à peu près à chaque conversation depuis des mois ?

– Si !

– Et donc, tu vas bientôt les voir tous les jours… Mais je te préviens, tu n'as pas intérêt à m'en parler encore plus. Je suis bassinée !

– Pas bassinée, vaccinée ! corrigea Marie sur un ton rieur.

– Chérie, tu as bientôt fini avec Tina ? lui demanda alors sa mère à travers la porte de sa chambre. Les appels pour la Corse coûtent cher…

Marie avait tiré le fil de l'appareil au maximum pour atteindre son lit et c'est là, renversée sur son édredon, qu'elle discutait avec son amie. Ses yeux fixaient le poster qu'elle avait scotché au plafond. Maya Plisetskaya, la grande danseuse étoile que Marie admirait plus que tout au monde.

– Un jour peut-être…

– Peut-être quoi ? fit Tina, au bout du fil.

– Euh… rien. Laisse tomber. Je pensais à un truc ! Bon, je dois abréger. Je crois que j'entends papa. Salut !

– Salut la Parisienne ! lança Tina avant de raccrocher.

– Salut la Corse !

Allongée sur le lit, Marie scruta Maya Plisetskaya avec plus d'intensité que jamais. Sur l'affiche, elle était le cygne blanc et gracieux du légendaire ballet. Fascinée, Marie observait la finesse de ses mains, de ses poignets, l'élégance de son port de tête, la tenue de son buste frêle et la puissance de ses jambes. En extension sur ses pointes, elle semblait à la fois fragile et sûre dans son geste. Son regard était déterminé. Soudain Marie sursauta. Avait-elle rêvé ? La danseuse étoile venait de lui faire un clin d'œil…

Durant un instant hors du temps, la tête de Marie se transforma en nuage, ses pieds décollèrent du sol, ses bras devinrent des ailes ! Elle voguait avec légèreté quelque part, entre ciel et terre. Et sans la moindre intention d'atterrir. En tout cas pas avant le lendemain…

10

– Bravo ! Bravo ! Bravo ! fit Jacques en pénétrant dans l'appartement. Mon ange, ma fée, ma poupée…

Marie courut se jeter dans ses bras.

– Oooh, papaaaaa…

– Ma fille préférée…

– Papa, tu exagères, fit remarquer Marie en riant. Ce n'est pas très compliqué d'être ta fille préférée puisque je suis ta seule fille !

– Eh bien il y a une époque où j'aurais pu dire « mon garçon manqué » ou « mon petit karatéka-chou », la railla son père. Mais désormais, c'est certain : une grande ballerine habite sous notre toit. Et c'est ma fifille à moi !

Il saisit Marie par la taille, la souleva de terre et la fit tournoyer quelques secondes au milieu du salon. Père et fille riaient aux éclats.

– Je viens d'appeler ton professeur, dit Jeanne en s'encadrant dans la porte du salon. Elle est tellement heureuse ! Ce soir, c'est bien simple : le monde entier est heureux pour toi. Savoure, ma chérie, savoure !

– Et si on faisait une photo ? Je veux fixer à tout jamais ce grand soir triomphal, dit Jacques avec grandiloquence. Puisque tu es en tenue de danse, Marie – tiens, d'ailleurs c'est bizarre, franchement bizarre… Ha ! Ha ! –, reste comme ça. Avec maman, on va tâcher de poser autour de toi.

Tout en parlant, il sortait son attirail photographique. Il installa un trépied pour stabiliser l'appareil. Trois minutes plus tard, il était prêt, le doigt sur le déclencheur.

– Jeanne, où es-tu ? demanda-t-il, légèrement impatient.

– Je remettais un peu de rouge à lèvres, répondit-elle avec coquetterie.

Elle se plaça à la gauche de Marie, qui s'était mise en cinquième position, les bras arrondis au-dessus de la tête. Jacques colla son œil au viseur afin de faire le point et mit en place le retardateur pour avoir le temps de rejoindre le petit groupe.

– OK. Ça m'a l'air bon. Ne bougez pas… j'arrive.

Il se précipita aux côtés de Marie et de sa mère pour prendre la pose.

– Vite ! Attention… le petit oiseau va sortir !

Ce soir-là, pour célébrer l'événement, Jacques sélectionna une bouteille spéciale dans la réserve familiale. Marie eut le droit de tremper les lèvres dans la belle boisson ambrée, mais elle éprouva bien plus de plaisir à déguster l'omelette aux herbes dont son père avait le secret et dont elle raffolait.

– Au moins, tu n'es pas difficile à gâter, fit remarquer Jacques.

Après le dîner, elle se lança encore joyeusement dans une dernière chorégraphie improvisée. Au bout de quelques minutes cependant, la fatigue venant, elle gagna sa chambre d'un pas lourd et finit par s'écrouler de sommeil sur son lit. Quelle journée !

Une fois seuls, les parents de Marie se regardèrent en hésitant. L'un comme l'autre se sentaient un peu déconcertés.

– Je m'inquiète tout de même un peu… avoua Jacques.

– Toi aussi ? renchérit Jeanne.

– Oui. Tout est allé si vite ! Quand tu as inscrit Marie aux cours de Geneviève, je ne m'attendais pas à ce que ses leçons se transforment en une véritable passion pour la danse…

– Marie tient ça de toi, tu sais, répondit

Jeanne. L'art de faire les choses à fond, en y mettant toute son énergie et toute son âme.

– Tu crois ?

Jeanne se mit à rire.

– Si je crois ? C'est le tempérament des Pietro… La Bordelaise que je suis n'aurait pas su lui transmettre ça. Mais rassure-toi : je trouve cela très bien. Le sérieux et la passion donnent de bons résultats. La preuve avec l'audition d'aujourd'hui…

– Notre fille s'est montrée vraiment épatante. Elle m'a bluffé ! Honnêtement, je n'ai jamais réellement cru qu'elle irait aussi loin.

– Moi non plus. D'ailleurs Geneviève elle-même pensait que l'audition allait permettre de voir comment les choses se déroulent… jusqu'à la prochaine fois… Et bim ! Notre fille réussit. Admise du premier coup !

– Et bam ! Il va falloir assumer maintenant, répondit Jacques, en fronçant les sourcils… Et c'est ça qui m'inquiète. On ne sait rien, on s'est à peine renseignés… Et notre Marie est encore tellement jeune… Elle n'a même pas dix ans !

Jeanne poussa un gros soupir.

– Tu crois qu'elle va devoir aller à l'internat ?

– Déjà, je me demande comment ça se passe du côté de la scolarité, reprit Jacques. En tout cas, Marie a beau être douée, il est hors de question de tout miser sur sa carrière. Je veux qu'elle reçoive aussi les enseignements d'une école classique, fit-il d'un ton ferme. Nous ne connaissons personne qui puisse nous aider dans ce milieu, alors si les choses tournent mal, il faut que notre fille puisse retomber sur ses pattes…

– Entièrement d'accord, acquiesça Jeanne. On ne sait jamais ce qui peut arriver… Et pour l'argent, tu crois que c'est combien, cette école ? L'Opéra de Paris… ça doit coûter cher, forcément…

– Je n'en ai aucune idée, mais il faudra qu'on trouve les moyens de payer. Ce serait trop bête que Marie ne puisse pas poursuivre à cause de ça.

– Oui. Quitte à faire des sacrifices. On a toujours voulu le meilleur pour notre fille…

– Écoute, la rassura Jacques, ça ne peut pas

être uniquement une école pour les filles et les fils de riches. Les nouveaux petits rats ont été sélectionnés parce qu'ils sont doués, pas parce que leur famille a un gros porte-monnaie. Alors comme je dis toujours : inutile d'avoir peur trop tôt, ça fait battre le cœur trop vite.

Il prit la main de sa femme avant de conclure :

– Attendons qu'ils nous appellent pour nous en dire plus.

– Tu as raison, fit Jeanne. Je ne sais pas pourquoi je me mets dans des états pareils. Ils ont dit qu'ils appelleraient les familles dès demain pour rencontrer les parents et donner toutes les explications. Puisque tu travailles, c'est moi qui irai. Et je te raconterai tout dans les moindres détails.

Ils se sourirent. Cette petite conversation les avait quelque peu réconfortés. Une nouvelle page de vie était sur le point de s'ouvrir, pour Marie, leur petite fée, leur poussin bien-aimé… Et ils comptaient tout faire pour l'accompagner au mieux.

* * *

Dix jours plus tard, une fillette brune aux joues rougies par l'émotion apparut entre ses deux parents, sur une jolie photo en couleurs. Le trio souriait joyeusement. Ému par ce cliché immortalisant un grand jour, Jacques Pietro rapporta le négatif chez le photographe pour en faire un agrandissement. Il fut décidé que l'image, placée sous un cadre de verre, trônerait sur l'un des murs de la salle à manger, tout près du poste de télévision.

11

La sonnerie du téléphone réveilla Marie le lendemain matin. Sa nuit avait été peuplée de rêves magnifiques, où elle dansait devant des salles pleines de spectateurs, la tête surmontée du diadème scintillant des danseuses étoiles. Le gros réveil rose sur la table de chevet indiquait déjà dix heures. Incroyable ! Elle bondit hors de son lit.

Jeanne achevait une conversation téléphonique quand Marie arriva dans le vestibule. Elle raccrocha et se tourna vers sa fille, un large sourire sur les lèvres.

– Eh bien les parents sont convoqués à l'Opéra dans les jours qui viennent. Comme je ne travaille pas cette fin de semaine, j'ai préféré prendre rendez-vous le plus tôt possible et j'ai choisi aujourd'hui à quinze heures. Nous n'avons donc plus que quelques heures à attendre pour tout connaître de ton avenir ! En tout cas, ma chérie, tu dois savoir que l'École de danse, c'est merveilleux, mais l'École tout court aussi. Ton père et moi en avons reparlé hier soir. Certes, c'est peut-être une grande carrière qui s'ouvre à toi, nous l'espérons et nous te souhaitons la plus belle réussite qui soit. Toutefois, il est de notre devoir de te mettre en garde : il est impossible de dire aujourd'hui jusqu'où te mènera cette école. Or nous tenons à ce que tu acquières les mêmes connaissances que les autres enfants de ton âge parce que, si les choses tournent mal, tu seras bien contente d'avoir un bon niveau scolaire. Je veux m'assurer que tout cela est bien prévu…

Marie hocha la tête. Elle n'avait pas manqué de remarquer le sérieux avec lequel sa mère s'adressait à elle, mais le sentiment qui dominait en elle était l'excitation.

– Je peux venir avec toi ? lança-t-elle en guise de réponse.

– Mais bien sûr ! Tu dois ! Et ce soir, on donnera tous les détails à ton père. Il a dû partir travailler tôt ce matin. Mais d'abord comment vas-tu ? As-tu bien dormi mon petit pouss… euh… ma chérie ? se corrigea-t-elle.

Marie lui répondit en s'étirant, les bras en l'air :

– Je vais très, très bien ! C'est bien simple : je ne me suis jamais sentie aussi bien !

Sa mère secoua la tête.

– Toi alors ! rit-elle. Tu nous as vraiment épatés, tu sais ? Avec ton père, on a reparlé de tout ça jusque tard dans la nuit. Un petit rat dans la famille, c'est vraiment extraordinaire ! On est très, très fiers de toi.

– Merci maman, répondit Marie d'une petite voix émue.

Jeanne se rapprocha et la serra tendrement contre elle. D'une main elle caressa ses longs cheveux défaits, de l'autre elle entoura ses épaules avec délicatesse. Des larmes montèrent aux yeux de Marie, mais elle ferma les paupières pour ne pas les laisser couler.

– Ma chérie… Mon petit rat… Oh, non, je ne vais tout de même pas dire ça ! s'écria-t-elle. Ce n'est pas très joli…

– Tu peux dire « raton », c'est un peu mieux, proposa Marie. Du moment que ce n'est plus « poussin »…

Jeanne prit sa fille par le menton.

– Mon petit raton… Oui, pas mal après tout. Mon raton laveur. Si on te regarde bien, on remarque tout de suite ton corps poilu, tes moustaches et ta longue queue. Un vrai raton laveur ! plaisanta-t-elle.

– Rrrrr ! rugit Marie. Moi, je me sens plutôt lion pour l'instant. J'ai une de ces faims !

* * *

Un peu avant quinze heures, Marie et sa mère se présentaient à l'Opéra. Cette fois, le bâtiment leur parut plus accueillant, même s'il continuait à les impressionner par sa majesté. Contrairement à l'organisatrice austère de la veille, ce fut une jeune femme au sourire chaleureux qui vint à leur rencontre. Elle les conduisit par un couloir latéral vers une salle d'attente au fond de laquelle une porte indiquait « Direction ».

– Je vais devoir vous demander de patienter un peu, s'excusa-t-elle. Les familles ont de nombreuses questions, et cela peut, parfois, être un peu long.

– C'est bien naturel, sourit Jeanne, consciente qu'elle avait, elle aussi, une foule d'interrogations en tête.

En attendant d'être reçue, elle laissa son regard s'attarder sur la magnifique décoration de la pièce, toute de bois laqué, de marbre et de moulures dorées. Marie, elle, se sentait trop nerveuse pour demeurer assise. Elle préféra aller observer le mouvement de la ville par la fenêtre. Filtré par la distance, le bruit de la rue parvenait aux oreilles comme à travers de la ouate. Un autobus s'arrêta tout près et des personnes descendirent de sa plate-forme arrière. Un peu plus loin, au carrefour, un agent en uniforme, portant un képi et ganté de blanc, organisait la circulation. Captivée par ses mouvements de bras, qui évoquaient une chorégraphie, Marie mit du temps à comprendre qu'on s'adressait à elle. Quand elle se retourna après avoir enfin distingué son prénom plusieurs fois répété, une surprise l'attendait : Émilie et Elsa venaient de sortir du bureau directorial.

– Coucou, la saluèrent-elles avec des petits gestes timides de la main.

Leur mère les accompagnait. Elle était facile à reconnaître, en raison de son cou fin et long et de sa façon d'accomplir chaque geste : fermer la porte, enfiler son manteau, poser son sac à main au bord de son poignet… elle faisait toute chose avec grâce. En la voyant, Jeanne se leva et se dirigea vers le trio.

– Bonjour, lança-t-elle. Enchantée de vous rencontrer. Je m'appelle Jeanne, je suis la mère de Marie et j'ai fait la connaissance de vos charmantes filles hier. J'ai l'impression qu'une grande amitié est née très vite, entre elles trois…

– Ludmilla, répondit la mère des jumelles en lui serrant la main. Merci d'avoir pris soin d'elles ! Je m'en voulais tellement de n'avoir pu être présente. L'attente, le chocolat chaud… Elles m'ont raconté. D'ailleurs je dois vous rembourser leurs consommations…

– Pensez-vous ! rétorqua Jeanne.

– Alors je vous en prie, laissez-moi organiser un goûter ou quelque chose, pour que votre fille et les miennes puissent se retrouver avant la rentrée. Je serai heureuse également de faire plus amplement connaissance. Vous habitez à Paris ? Pourrais-je vous téléphoner ?

Elle allait poursuivre quand la porte du bureau se rouvrit. La jeune assistante au sourire lumineux apparut :

– Madame Pietro… Marie… Veuillez entrer, je vous prie.

Jeanne se retourna.

– Euh… Oui, bien sûr ! Excusez-moi, Ludmilla, mais nous devons y aller. Appelons-nous, vous voulez ? Vous nous trouverez dans l'annuaire à Pietro Jacques… le prénom de mon mari… Dans le XIXe arrondissement. Chérie, tu viens ? finit-elle en se tournant vers Marie.

– Alors je vous appelle, dit Ludmilla rapidement.

– Ce sera un plaisir… Excusez-moi…

12

– Bonjour madame et bonjour Marie, les accueillit Cyril Asnatoff.

L'air aussi grave que la veille, il se tenait au côté de Claude Bessier, derrière une large table d'époque sur laquelle une pile de dossiers était posée. Celui de Marie était ouvert devant eux.

– Madame Pietro, ravie de vous rencontrer. Je vais commencer par les compliments, dit-il. Votre fille a un joli physique, les membres longs et fins exigés dans le ballet classique, un bon en-dehors… De plus, elle a l'air charmante. Bref, tout cela est parfait et je suis sûr qu'elle a dû être très heureuse, hier, d'être sélectionnée…

– Oh, vous n'imaginez pas ! s'exclama Jeanne. Mon époux Jacques et moi-même étions au moins aussi heureux que notre petite… fée… Oui, j'avoue qu'hier soir nous sommes allés jusqu'à considérer notre fille comme une petite fée !

– Eh bien nous en sommes ravis, les professeurs et moi-même, reprit Cyril Asnatoff du même ton cérémonieux. Cependant, il faut que je tempère un peu votre enthousiasme. Vous devez savoir que, bien que nous ayons sélectionné seulement quarante jeunes filles pour entrer à l'École de danse de l'Opéra, aucune d'entre elles n'est véritablement prête à commencer. C'est pourquoi votre fille, comme ses trente-neuf camarades, aura pendant six mois le statut de stagiaire. Et ces six mois commenceront en janvier.

Marie et sa mère écarquillèrent les yeux.

– Stagiaire ? Comment ça, stagiaire ?

– Oui, tout le groupe est d'abord en stage. Durant six mois, les fillettes apprennent ou plutôt réapprennent à danser. Nous entendons par là qu'elles doivent corriger les défauts qu'elles ont pu acquérir dans des cours de danse de quartier, pour passer au niveau requis à l'Opéra.

Le visage de Jeanne s'assombrit, celui de Marie pâlit. Que cherchait-il à leur dire ?

– Mais… Je ne comprends pas. Vous avez sélectionné ma fille hier… Cela veut dire qu'elle a un bon niveau, non ?

– Oui, mais elle n'a en réalité pas encore le niveau exigé. Nous visons l'excellence, madame. Ici, l'excellence, c'est le maître mot. Mais que votre fille n'ait pas encore atteint ce niveau est bien normal, rassurez-vous. Marie doit certainement suivre des cours en amateur, n'est-ce pas ? Tenez, dites-moi : combien de cours prend-elle par semaine ?

– Deux… Le mercredi et le vendredi.

– Eh bien c'est précisément ce dont je parle : votre fille fait de la danse deux fois par semaine. C'est bien, certes, mais cela ne suffit pas pour devenir professionnelle. Elle ne peut donc progresser qu'à un rythme assez lent.

Il tourna son regard vers Marie.

– Comment s'appelle ton professeur, ma petite Marie ?

– Mademoiselle Geneviève.

– Marcadé, compléta Jeanne, légèrement vexée. Geneviève Marcadé. Elle est très réputée dans notre quartier.

Comme Cyril Asnatoff faisait une moue dubitative, elle insista :

– Euh… Elle travaille beaucoup sur… la qualité… La qualité du mouvement !

Sans relever la formule, Cyril Asnatoff se tourna vers Marie.

– Je ne connais pas cette personne et je ne voudrais donc pas juger de son travail. Mais

Marie, raconte-moi comment se déroulent tes cours, tu veux ?

Intimidée, Marie s'exécuta d'une voix tremblante.

– Eh bien… Mademoiselle Geneviève enfile ses chaussons de danse et on sent que ça va commencer. On fait comme hier, au concours : on se met le long des murs, près des miroirs et on se tient à la barre dans toutes les positions. Ensuite c'est le milieu, puis l'adage, les pirouettes… Et à la fin on fait une grande révérence. Après…

Elle hésita à aller plus loin.

– Continue, chérie, continue, l'encouragea sa mère à mi-voix.

– Après, reprit Marie, mademoiselle Geneviève met une musique… Une nouvelle chaque fois. Elle nous demande de bien l'écouter et de danser ce qu'on entend dans la musique. On peut aussi faire des mouvements comme au théâtre ou mimer pour montrer des images. On fait ça pendant quelques minutes. C'est amusant.

Claude Bessier prit la parole à son tour.

– C'est très bien, Marie. Je suis certaine

que c'est très bien, sinon nous ne t'aurions pas sélectionnée, il va juste falloir prendre des cours plus académiques, désormais. Lorsque l'on vise un niveau professionnel, on ne suit pas des cours pour s'amuser. Il n'y a pas de mime ni d'expression corporelle, mais une tradition chorégraphique à laquelle on doit se soumettre.

– Je ne vais pas pouvoir entrer à l'école ? demanda Marie, rongée par l'inquiétude.

– Si, si, au contraire ! Tu es sélectionnée, rassure-toi, et à moins d'un accident – ce que je ne te souhaite pas – tu nous rejoindras pour le stage de six mois qui débute en janvier. En effet, le groupe des stagiaires ne débute qu'à cette date, expliqua-t-elle en se tournant vers Jeanne. C'est pourquoi, en attendant cette rentrée d'hiver, nous invitons les parents à accompagner leurs enfants dans la mesure du possible en leur faisant donner des leçons de danse sérieuses. Idéalement, on doit dépasser la simple séance hebdomadaire… Ce sera toujours cela de gagné pour la suite. Si vous le souhaitez, nous pouvons vous conseiller différents professeurs de danse dont la méthode correspond à ce que nous attendons. Ensuite, début janvier, la cohorte des jeunes demoiselles sélectionnées entre à l'école et elles sont alors en stage six mois.

Cyril Asnatoff reprit la parole :

– Et pour finir, au mois de juin suivant, un nouveau concours les départage, et c'est alors que restent avec nous celles qui vont véritablement continuer. Elles deviennent, plus officiellement que jamais, des petits rats de l'Opéra.

Jeanne secoua la tête. Elle n'aimait pas le ton autoritaire et glaçant de ces deux responsables. Le concours n'avait pourtant pas été une supercherie. Mais désormais, on lui expliquait que sa fille devait travailler plus et que sa place ne serait pas assurée avant le mois de juin suivant ! Si, du moins, elle réussissait un autre concours. Et qu'en outre elle devrait patienter jusqu'en janvier pour commencer son stage parmi les rats… Mais eux, pourquoi se permettaient-ils de la prendre de haut comme ça ? Et de lui demander de payer des cours de danse supplémentaires à sa fille ? Et pourquoi pas des leçons particulières, pendant qu'ils y étaient ! De vrais danseurs professionnels, peut-être, mais de vrais prétentieux aussi, ça, c'était certain…

– Je ne comprends toujours pas, fit-elle.

– Eh bien, votre fille vient d'être admise dans un cycle d'études où son niveau sera remis en jeu chaque année. Grâce à cette émulation permanente due au concours annuel, l'École de danse de l'Opéra de Paris s'assure la présence des élèves les plus talentueux : ceux qui, au bout du cycle, pourront enfin entrer dans le corps de ballet.

Les épaules de Jeanne s'affaissèrent.

– Tout ça pour ça… murmura-t-elle.

– Allons, madame Pietro, ne le prenez pas ainsi… fit Claude Bessier.

– Et comment voulez-vous que je le prenne ? Ma fille risque de sacrifier une année scolaire entière pour apprendre peut-être, au mois de juin, qu'elle ne poursuivra pas. Bien sûr, j'espère le contraire pour elle, mais le concours semblait être la porte d'entrée. Aujourd'hui, vous m'expliquez qu'il y a une deuxième porte. Comprenez-moi, je suis déçue… Et cela me fait grandement hésiter.

– Madame Pietro, ne vous en faites pas et ne soyez surtout pas déçue : ce traitement est le même pour toutes les jeunes danseuses et les jeunes danseurs ici. Votre fille a toutes les chances de se maintenir au niveau si elle travaille le mieux et le plus possible…

– J'avoue que je vous trouve bien durs… commenta encore Jeanne, à voix basse. La danse est une passion pour Marie, mais vous me présentez l'école comme un vrai bagne…

Un silence de quelques instants suivit. Ce fut Marie qui le rompit.

– Je peux y arriver, maman, déclara-t-elle avec gravité. Je veux y arriver. Et je ferai tout pour. Si vous voulez bien, papa et toi, je ferai tout mon possible pour réussir. Laissez-moi faire…

Jeanne regarda sa fille et découvrit, sur son visage, cette détermination qu'elle avait déjà remarquée plusieurs fois dans les semaines précédant le concours. Ce petit quelque chose d'indéfinissable qui donnait l'impression que son visage s'éclairait de l'intérieur. Sans doute était-ce cela, l'étincelle de la passion.

– Soit, admit Jeanne. Mais je vais tout de même m'entretenir de tout cela avec ton père. Et avec ça, je ne sais pas comment ni quand tu vas étudier en classe… La scolarité demeure obligatoire dans notre pays jusqu'à seize ans, que je sache !

– Justement, j'allais y venir, reprit Cyril Asnatoff. Ici, les stagiaires puis les petits rats ont cours le matin, pour étudier le programme correspondant à leur âge, et ils ont danse l'après-midi. De cette manière, si leur parcours de danse s'interrompt pour une raison ou une autre, ils peuvent poursuivre leur scolarité dans un établissement scolaire classique. En attendant janvier, je vous invite donc à inscrire Marie dans son école habituelle en prévenant la direction qu'elle prendra congé de ses amies aux vacances de Noël. C'est ainsi que se passent les choses généralement, conclut-il.

Jeanne poussa un soupir. Il y aurait donc bien des cours, mais avec un début à l'école élémentaire, suivi de six mois sous l'égide de l'Opéra. Que c'était compliqué !

Une autre question la préoccupait qu'elle se décida à poser :

– Et donc… à partir de janvier… Marie devra-t-elle vivre ici, à l'Opéra ? Nous n'habitons pas tout près… mais nous pouvons nous organiser pour les transports. Je travaille en intérim, comme secrétaire… Je peux très bien amener et venir rechercher ma fille…

Claude Bessier la regarda avec compassion.

– Je comprends bien la maman que vous êtes, commença-t-elle. L'idée de vous séparer de votre fille vous paraît probablement très douloureuse. Mais pour moi, qui suis directrice de la danse de l'Opéra national de Paris, les choses ont une autre dimension. J'ai en charge un superbe vivier de talents dont votre fille, Marie Pietro, fait partie. En réussissant l'audition hier, Marie a entamé un changement fondamental et profond : pour réussir, elle devra, à partir de janvier, se dédier à la danse. Cela passe par une immersion totale et par la résidence permanente au sein de l'école, si le corps enseignant le juge nécessaire. Pour être tout à fait exacte, les élèves internes habitent alors dans des appartements que nous avons à proximité du palais Garnier. Bien entendu, tous et toutes sont encadrés par des responsables. Il ne s'agit pas de les laisser se débrouiller par eux-mêmes. Leur santé est primordiale, leur alimentation et leur sommeil sont donc surveillés de près.

Pour Jeanne, ces paroles sonnèrent comme un ultime coup de poignard. Il lui paraissait au-dessus de ses forces que sa petite fille, son « poussin » unique et bien-aimé, puisse dormir loin d'elle, dans un internat. Elle tenta de ne pas s'effondrer mais les paroles de Claude Bessier, comme une sentence, la laissaient abasourdie. Il lui fallut quelques secondes pour réaliser que l'entretien avait pris fin. Elle se leva, repoussa sa chaise et tendit la main par-dessus la table, maladroitement.

– Je… Euh… Oui, d'accord. Nous allons réfléchir à tout cela… euh… mon mari et moi, insista-t-elle. Ce risque du concours annuel, vous comprenez… L'école seulement en janvier… et avant cela, les cours à prendre… C'est tout un pari… et tout un budget aussi, je vous avoue. Je ne m'attendais pas… Bref. Je vous remercie, finit-elle, un peu hésitante.

– N'oubliez pas que l'obtention de cette première sélection tient du miracle pour votre fille, madame, fit Cyril Asnatoff. Elles étaient plus de cinq cents à postuler et il est rare d'être prise dès la première fois. Nous sommes la meilleure école de danse classique d'Europe. Encore une fois, je tiens à le souligner, votre fille est douée. Ne laissez pas cette première chance lui échapper…

Quant à Claude Bessier, elle se contenta de regarder Jeanne dans les yeux.

– Vous êtes sa mère, dit-elle. Si vous sentez que l'intérêt de votre fille pour la danse dépasse largement le simple engouement, alors je vous en conjure, accompagnez-la autant que vous le pouvez jusqu'au bout de ses possibilités. Certes, l'Opéra est une école de l'excellence et de l'exigence, mais pouvoir découvrir et exercer sa passion est une grande chance dans la vie. Cela n'arrive pas à tout le monde…

13

Jeanne Pietro quitta l'Opéra mal à l'aise. Les paroles des deux administrateurs l'avaient totalement déconcertée. Elle ne savait plus si elle devait se réjouir ou réfléchir au plus vite à l'organisation à mettre en place pour « accompagner au mieux » sa fille sur le chemin terriblement ardu qu'elle espérait suivre. Cela en valait-il vraiment la peine ? La veille encore, l'avenir de Marie ressemblait à un beau ciel ensoleillé et dépourvu de nuages. Désormais, le doute venait assombrir la perspective. Était-il vraiment raisonnable d'interrompre brutalement les joies d'enfance de Marie pour la précipiter dans la dureté et la sévérité de l'Opéra de Paris ? Certes, les petits rats étaient ravissants, vus de l'extérieur. Jeanne elle-même avait toujours admiré, depuis l'enfance, les spectacles où ces fillettes partageaient la scène avec de grandes danseuses professionnelles. Petite, à Bordeaux, elle aussi aurait rêvé que ses parents l'inscrivent à un cours de danse… C'était sans doute pour cette raison qu'elle avait incité sa fille à en faire. Mais derrière l'émerveillement, il y avait toute la difficulté du travail quotidien sous l'œil de professeurs autoritaires et peu enclins à la tendresse… À cela s'ajoutaient l'éloignement et la solitude de l'internat. Jeanne imaginait des lieux froids et inhospitaliers où les jeunes danseuses se contentaient de rentrer dormir, épuisées par de longues heures de répétition.

« Cette vie à la dure n'est pas vraiment la vie dont j'ai rêvé pour toi, mon poussin... » pensa-t-elle en jetant un coup d'œil à sa fille.

Assise près de la vitre, dans l'autobus qu'elles avaient pris pour rentrer, Marie chantonnait. Jeanne tendit l'oreille et sourit en reconnaissant la mélodie. « Si tu ne m'aimes pas je t'ai… aime, et si je t'aime, prends garde à toi ! » Sa fille chantait un air d'opéra ! Cette image la rasséréna un peu. Sa ravissante Marie prenait les choses avec bien plus de légèreté qu'elle-même. Elle chantait comme un petit oiseau !

* * *

Lorsque Jacques Pietro rentra chez lui, ce soir-là, l'humeur de son épouse avait passablement changé par rapport au matin, quand il l'avait quittée. Perturbée par toutes les informations qu'on lui avait données, Jeanne était devenue plus critique envers l'École de danse. Ses interrogations s'étaient muées en indignation.

– Tu te rends compte, lança-t-elle très vite, ils m'ont prise de haut ! Non seulement ils ont fixé leur rentrée à janvier, mais ils exigent que Marie prenne des leçons supplémentaires… Ils veulent aussi qu'elle aille à l'internat… Tout ça pour qu'elle repasse un concours en juin de l'année prochaine. Non mais franchement, est-ce qu'on est obligés d'accepter ça ?

Jacques venait de retirer son imperméable et il avait à peine fait un pas vers le salon.

– Tu veux dire que l'audition n'a pas suffi ? N'est-ce pas à l'école de lui apprendre à danser ?

– C'est ça, répondit Jeanne. Je suis furieuse !

Quand elle eut terminé de lui retransmettre toutes les explications qu'on lui avait fournies, Jacques proposa d'un ton apaisant :

– Pour le financement des cours supplémentaires, cela ne devrait pas poser de problème. On va se débrouiller. Ce qui m'inquiète le plus, c'est le rythme de vie que cela va imposer à Marie. Si on commençait par discuter de tout cela tranquillement avec notre petite ballerine ?

Tout en parlant, il cherchait sa fille des yeux. Il se dirigea vers sa chambre et s'annonça en frappant à la porte. Quand il l'ouvrit, un air d'opéra envahit ses oreilles.

– Papaaaa ! s'écria Marie en voyant son père entrer. J'ai mis *Carmen*. Je ne sais pas pourquoi, je l'ai eu dans la tête toute la journée. Tu écoutes avec moi ?

Jacques sourit, tout heureux à la perspective de partager ce moment avec elle. Ils avaient depuis très longtemps l'habitude de découvrir et apprécier ensemble des pièces du répertoire de la musique classique. Marie retourna s'allonger sur son lit tandis que son père prenait place près d'elle, dans l'unique fauteuil de la pièce. Ils demeurèrent ainsi quelques minutes, les yeux mi-clos, à la fois attentifs et détendus. Puis, quand le disque prit fin, Marie se rassit et, à la surprise de son père, aborda aussitôt la question.

– Je sais que maman et toi, vous vous inquiétez. Mais ne t'en fais pas, papa, moi, je ne m'inquiète pas du tout. Je sens quelque chose là, à l'intérieur de moi. J'ai vraiment,

vraiment envie de devenir danseuse et vraiment, vraiment envie d'apprendre à l'Opéra.

Jacques hocha la tête.

– Tu as bien compris ce que cela signifie ? insista-t-il. Ta mère et moi voulons à tout prix que tu ailles à l'école. Tu n'as même pas dix ans et tu dois encore apprendre beaucoup de choses. Alors le soir, tu devras faire tes devoirs et suivre des cours de danse. Ou plutôt suivre des cours de danse et ensuite faire tes devoirs. Cela risque d'être très dur. Tu auras de longues journées…

– Oui, je sais, acquiesça Marie. J'ai tout bien compris.

Son père hésita encore :

– Et si un jour tu n'aimes plus ça ? Cela arrive parfois, tu sais, quand on se lance dans une activité dont on rêvait. Il ne faudra pas manquer de nous le dire, Marie, tu as compris ? Ta mère et moi sommes là pour t'écouter. On peut se sentir dépassé parce que les rêves ne ressemblent pas toujours à la réalité…

Elle secoua la tête.

– Je suis prête, papa, je le sens au fond de moi, affirma-t-elle avec le plus grand sérieux.

Il y avait une telle force de conviction dans sa voix que Jacques n'eut pas besoin de creuser davantage.

* * *

– Notre fille m'impressionne, dit-il à son épouse lorsqu'il la rejoignit. Elle sait ce qu'elle veut, alors faisons-lui confiance. Elle a beau être encore petite, elle raisonne comme une adulte et a une vision claire de ce qu'il l'attend.

Jeanne eut un petit rire :

– Têtue comme une Pietro ! Un mélange de timidité et de caractère… Après tout, elle a toujours été comme ça. C'est bien notre Marie ! En revanche, pour l'internat, j'ai réfléchi de mon côté, ajouta-t-elle. C'est non. Mon petit moineau est encore un peu trop jeune pour quitter totalement le nid.

Tout était dit.

Jacques s'installa alors à la table du salon. L'heure était venue de faire pour sa fille ce que son propre père avait fait pour lui : tracer un chemin de mots. Il attrapa une jolie feuille blanche et un stylo à plume noir et, avec application, il inscrivit une phrase qui lui était revenue à l'esprit : « Quand on veut fortement, constamment, on réussit toujours. » Il la glissa dans un sous-verre et l'apporta à sa fille.

– Tiens, dit-il, j'espère que cette citation t'aidera à aller de l'avant.

Il finit en riant :

– Elle est signée d'un Corse, un certain Napoléon, paraît-il…

Marie hocha la tête, le cadre entre les doigts.

– Merci papa. On pourrait l'accrocher au-dessus de la porte de ma chambre ? Comme ça, je la lirai tous les jours en partant, histoire d'avoir du courage…

– Oui, et tu penseras à moi en même temps ! fit son père en accompagnant sa remarque d'un clin d'œil.

14

– Viens que je te serre dans mes bras ! lança Geneviève à sa jeune élève le lendemain soir.

Comme tous les vendredis, Marie avait enfilé chaussons, collants, justaucorps et cache-cœur pour participer au cours de son cher professeur. En général, Geneviève évitait d'exprimer trop visiblement ses émotions, mais cette fois elle ne put se retenir : des larmes brillaient dans ses yeux.

– Les enfants, annonça-t-elle d'une voix forte à ses autres élèves, j'ai une grande nouvelle. Votre petite camarade ici présente a passé et réussi l'audition d'entrée à l'École de danse de l'Opéra de Paris. C'est une extraordinaire nouvelle ! Je crois que nous pouvons l'applaudir, n'est-ce pas ?

Des acclamations accompagnèrent les battements de main et Marie, émue à son tour, courut se réfugier entre les bras de Geneviève.

– Maman viendra me chercher tout à l'heure et vous remercier, murmura-t-elle, en retenant ses larmes.

Barre, milieu, adage, pointes… Cette fois, Marie eut l'impression que son cours s'était transformé. Au lieu du piano, elle entendait tout un orchestre, au lieu d'évoluer sur un parquet, elle voguait dans le ciel, parmi les nuages… Ses camarades lui souriaient, détendues. Son professeur la gratifiait d'un sourire éternel et tellement rassurant…

Comme chaque fois, Geneviève termina son cours sur une note originale et inattendue.

– Et maintenant, les enfants, je voudrais que vous vous laissiez aller. Au Brésil, ils ont une danse qui est aussi le nom d'une musique et qui s'appelle la samba. Je vous laisse libres d'inventer des mouvements pour suivre le rythme. N'hésitez pas à bouger les hanches, la taille ou à mettre vos pieds parallèles ou même en dedans, pour bien le ressentir… Laissez-vous aller !

Bouger les hanches ! Pour des élèves habituées à contrôler leur bassin en permanence, la demande était particulièrement surprenante… Cependant, plusieurs élèves, qui prenaient déjà des cours l'année précédente, étaient habituées à ces moments d'expression libre. Elles se lancèrent sans tarder et entraînèrent les plus timides. Les yeux mi-clos, les pieds dans le rythme et le dos souple, Marie souriait en dansant. Son professeur venait de faire, sans le savoir, une allusion à sa meilleure amie, dont la mère était brésilienne.

« Un jour, se disait-elle sans perdre le fil de la musique, *on ira à Rio, Tina et moi… »*

Parmi les rêves que les deux fillettes partageaient, il y avait en effet le voyage qu'elles feraient « plus tard… dans longtemps », quand elles seraient grandes toutes les deux. En attendant ce grand moment, Marie se contentait d'ajouter à sa collection de timbres les fruits, les animaux et les oiseaux multicolores qui lui racontaient ce beau pays. Car Tina ne manquait jamais de lui envoyer des cartes postales ensoleillées de ses vacances là-bas.

Durant une dizaine de minutes, la température monta de quelques degrés dans la salle avant que la musique s'arrête. Excitées par le rythme, les élèves finirent toutes par terre et la séance se termina dans un énorme éclat de rire.

Quelques instants plus tard, Jeanne apparut parmi les mamans qui attendaient dans le couloir, non loin des vestiaires. Elle tenait un bouquet de roses à la main. En la voyant, Geneviève s'émut à nouveau.

– Madame Pietro, il ne fallait pas…

– Bien sûr que si ! répondit Jeanne. C'est vous qui avez préparé Marie à l'audition. Sans vous, je le sais, elle n'aurait jamais eu le sang-froid nécessaire pour une telle épreuve. Et je suis certaine que cette assurance a joué en sa faveur, autant que sa technique bien sûr.

– Je n'y suis pour rien ou presque, rétorqua Geneviève en toute modestie, votre fille est simplement douée. Et au-delà du don, elle a de la passion. Je sens en elle quelque chose de plus que chez bien d'autres élèves. Je vous l'ai déjà dit et je n'ai pas l'habitude de mentir à ce sujet. C'est pour cela que j'avais suggéré qu'elle tente d'aller plus loin. Mais en général, je ne pousse pas non plus mes élèves à passer ce genre de concours.

– Justement, toussota Jeanne un peu gênée, la direction de l'école a insisté pour que les élèves suivent des cours plus… académiques.

Geneviève se mit à rire.

– Ha ! Ha ! Ha ! Si vous faites allusion à la fin du cours d'aujourd'hui, je comprends ce qui vous inquiète. À l'Opéra, même si on apprend les « danses de caractère », la samba ne doit pas être au programme, c'est certain !

– Vous me comprenez, reconnut Jeanne. Il se trouve que la rentrée des petits rats n'aura lieu qu'en janvier. Et avant cela… Marie doit prendre des leçons. L'école a insisté là-dessus.

– Il faut que votre fille travaille avec des professeurs plus classiques d'ici là, répondit Geneviève. Ne vous inquiétez pas, madame, je comprends fort bien. Marie doit s'aguerrir et surtout gagner en technique. Si vous le souhaitez, je peux vous indiquer quelques adresses.

Puis, avertissant sa jeune élève, elle poursuivit :

– Si tu es sûre de vouloir poursuivre, alors tu dois savoir que ce ne sera pas facile du tout, ma chérie. Le travail est le prix à payer pour atteindre le but ultime de la danse professionnelle. Mais je serai toujours là pour t'aider à te détendre quand tu le voudras. À partir de maintenant, madame, reprit-elle, ma porte est ouverte à Marie quand et autant qu'elle le voudra. Et gratuitement.

Jeanne Pietro essuya une larme qui perlait au bord de sa paupière. Toute cette gentillesse la rendait émotive. Décidément, les dieux devaient être de la partie car l'univers entier semblait vouloir organiser les choses au mieux pour sa fille.

Marie se jeta au cou de son professeur.

– Merci, murmura-t-elle. C'était extra, tout à l'heure. Je reviendrai spécialement pour les impros, si vous voulez bien ?

– Bien sûr, confirma Geneviève. Tu as dansé comme une vraie Carioca. Je te le répète : reviens quand tu voudras et autant que tu voudras.

15

Durant les jours qui suivirent, Jeanne et Jacques se concentrèrent sur tout ce qu'il fallait prévoir et organiser pour la petite danseuse de la famille. Marie, quant à elle, ne s'intéressait guère aux questions administratives. Elle trouvait beaucoup plus excitant d'aller choisir un nouveau cartable, d'acheter des cahiers et des crayons de couleur, de coller des étiquettes et de les décorer de fleurs multicolores dessinées au feutre fin…

Pensant au froid qui commençait à se faire sentir, Jeanne entraîna aussi sa fille dans les grands magasins pour l'équiper de gants de laine et d'une écharpe, ainsi que d'un bonnet et bien sûr d'un bon manteau. À l'aide de sa machine à coudre, elle rallongea et rafistola également les vêtements devenus trop courts après les vacances d'été.

Marie fut tout heureuse, ensuite, de retourner avec sa mère dans la belle boutique d'articles pour la danse de la rue de la Paix. Elle avait le sentiment d'y avoir encore plus sa place qu'avant. Là, elle hésita encore longuement devant les formes et les couleurs de justaucorps et de chaussons. Jeanne, amusée, la regardait effleurer timidement les matières et s'émerveiller devant la beauté des tenues de spectacle. Voyant son intérêt, une vendeuse prit le temps de lui raconter l'histoire de « la Maison Repetto » dont la fondatrice – mère d'un grand danseur – avait eu l'idée d'imaginer des chaussons plus doux pour les pieds que ceux qui se faisaient auparavant. Comme un musicien s'intéressant à la fabrication de son instrument, Marie buvait chacune de ses paroles, s'imprégnant des anecdotes, retenant le moindre détail. Pour Jeanne, il était facile de comprendre à quel point la passion s'exprimait dans cet appétit que sa fille avait de tout savoir et dans sa facilité à tout retenir.

Mère et fille ressortirent du magasin les bras chargés de paquets. Ils contenaient de nouvelles tenues de travail, des collants et des guêtres ainsi que des chaussons demi-pointe. Tout excitée, Marie supplia encore sa mère d'appeler Tina dans la soirée.

– C'est génial, si tu savais ! lança-t-elle à son amie sans même la saluer. Maman m'a acheté plein d'affaires neuves !

– J'espère que tu as laissé tomber l'idée du justaucorps jaune, mon petit poussin, cui cui cui cui ! la railla gentiment son amie.

– Je te signale que ça m'a porté chance, rétorqua Marie.

– Rassure-moi : tu as aussi pris du bleu canard, du vert bouteille, du rose bonbon, du lamé et des chaussures de jazz avec des étoiles brillantes, j'espère…

– Oui, bien sûr, fit Marie sur le même ton enjoué. Et j'ai trouvé pour toi un super pantalon de cheval avec des paillettes tout au long des jambes… Et un diadème pour remplacer ta bombe. Ha ! Ha ! Ha ! Je t'apporterai tout ça quand on viendra, aux vacances de Noël. Tu vas en tomber à la renverse ! En tout cas, ce soir, je crois que je vais enfiler une de mes tenues et dormir avec !

– Y compris les chaussons ? questionna son amie du tac au tac.

Et comme toujours, les deux fillettes partirent d'un immense éclat de rire.

* * *

Quelques jours plus tard, Marie fut inscrite aux cours de trois professeurs qui avaient été conseillés par l'Opéra.

Puis la mi-septembre arriva et les enfants de la France entière reprirent le chemin de l'école. Depuis la maternelle, Marie fréquentait un groupe scolaire privé, Les Oiseaux, choisi par ses parents pour des raisons pratiques : en restant sur le même trottoir, il suffisait de tourner deux fois à gauche autour du pâté de maisons pour atteindre l'établissement. Elle s'y était plu durant les classes maternelles. Mais au CP, l'ambiance chaleureuse avait fait place à un climat autoritaire. La directrice, mademoiselle Laurent, estimait que seule une sévérité extrême pouvait garantir une bonne éducation. Aussi exigeait-elle des élèves des efforts d'apprentissage et une excellente tenue. Les punitions pleuvaient sur celles qui ne se pliaient pas – ou pas assez vite – au règlement. En revêtant, ce matin-là, sa jupe plissée bleu marine, sa chemisette et ses chaussettes grises – l'uniforme obligatoire pour toutes les petites filles –, Marie imaginait déjà le regard froid que la directrice allait jeter sur sa classe en guise de salutation. Elle se contenterait sans doute de bougonner à peu près la même chose que les années précédentes :

– Mesdemoiselles, aujourd'hui vous êtes sur la ligne de départ. Tâchez de rejoindre la ligne d'arrivée du mois de juin sans faire de vagues. Et que la meilleure gagne.

Personne n'avait jamais entendu mademoiselle Laurent rire, et ses rares sourires donnaient plutôt l'impression qu'elle allait mordre. Ses sourcils froncés formaient une barre au-dessus de ses yeux et sa lèvre inférieure se retroussait légèrement vers l'extérieur. Mais pour Marie, le plus terrible était surtout l'attitude de certaines camarades, toujours prêtes à faire des coups bas pour se faire bien voir.

– Une ambiance de carnaval ? avait demandé Tina un jour, innocemment.

Sa question avait arraché un demi-sourire à Marie, qui ce jour-là se laissait gagner par le découragement.

– Oh non ! Une ambiance pourrie, plutôt, oui ! avait-elle corrigé.

Trop timide pour aller vers les autres, Marie n'avait pas réussi à se faire de vraies amies à l'école des Oiseaux. Elle s'était réfugiée dans le travail, où elle réussissait très bien. Ses parents étaient si fiers de ses résultats qu'elle n'osait pas leur dire combien elle souffrait du climat général de l'école. Alors elle se taisait et prenait de la hauteur en pensant à ses rêves de danseuse. Cette année heureusement, le calvaire n'allait durer qu'un trimestre.

Lundi 14 septembre, sept heures quarante-cinq. L'heure tournait. Marie enfila son cardigan de laine en soupirant.

– Dire que je vais encore devoir supporter tout ça…

Avant de quitter sa chambre pour aller prendre son petit déjeuner dans la cuisine, elle jeta un coup d'œil au sac-polochon qui attendait près de son cartable. Le soir même, après l'école, elle allait entamer sa nouvelle vie, avec un emploi du temps aussi chargé que celui d'un ministre.

– Chérie, tu te souviens que je viens te chercher à la sortie et que l'on prend directement l'autobus jusqu'au cours de madame Dupré, n'est-ce pas ? lui rappela Jeanne qui finissait de maintenir le chignon de sa fille avec des épingles.

Elle se versa ensuite une tasse de café.

– Je t'apporterai un goûter. Tu seras obligée de le manger dans l'autobus. J'espère qu'il n'y aura pas trop d'encombrements car ton cours débute à dix-sept heures quinze et on a une demi-heure de trajet. Tu seras forcément un peu bousculée…

– Oui, maman, je m'en souviens, l'interrompit Marie. Tu sais que c'est la quatrième fois que tu me le dis, depuis hier ?

– Ah, c'est vrai ? Tu as raison… Alors voyons… Mange tes tartines, va ! Et le jus d'orange, tu ne prends pas de jus d'orange ?

C'était un matin presque comme les autres, où perçaient juste un peu plus d'effervescence et de fébrilité. Jacques fit à son tour son apparition dans la cuisine. Il planta des baisers sur les joues de sa fille. Une odeur d'after-shave flottait autour de lui.

– Rappelle-moi quelque chose, demanda-t-il en riant à sa fille, ce ne serait pas la rentrée par hasard ?

* * *

Quelques minutes plus tard, Marie franchit sans enthousiasme les portes de l'école des Oiseaux. Elle retrouva dans la cour de vagues camarades à la mine maussade. Deux ou trois d'entre elles, heureusement, étaient un peu plus proches. Marie put leur murmurer le secret de son extraordinaire année à venir et elle eut la satisfaction de voir leurs yeux s'écarquiller d'admiration. Puis les élèves montèrent en rangs serrés dans leurs classes.

La directrice commença alors son tour général de l'école, entrant serrer la main à chaque enseignante d'un geste sec. On pouvait entendre, chaque fois, le bruit des chaises frottant le plancher quand les élèves se levaient à son entrée. Le silence poli était parfois rompu par une question, suivi d'une réponse hésitante. L'été n'avait rien changé au sourire grimaçant de la directrice ni à l'ambiance générale.

En entrant dans la classe de Marie, mademoiselle Laurent balaya les élèves du regard et s'arrêta sur elle quelques instants.

– Alors, mademoiselle Pietro, demanda-t-elle, vous allez nous quitter ? Vous préférez apprendre à danser plutôt que vous initier aux mathématiques, à la littérature, à l'histoire, à la géographie ou aux sciences naturelles ? Grand bien vous fasse, mon petit…

Surprise, Marie demeura bouche bée, sans doute une seconde de trop.

– En tout cas, ici, on n'a pas le temps de rêver, mademoiselle, reprit la voix revêche. On travaille et c'est tout.

Dès la récréation suivante, des moqueries parvenaient aux oreilles de Marie :

– Oh, la rêveu-se, elle se croit danseu-se !

Rien à faire, il fallait s'endurcir et laisser les petites mesquineries passer. « Quand on veut fortement, constamment, on réussit toujours », se rappela Marie.

Très vite, la famille Pietro se mit à vivre, à respirer et même à manger au rythme de la danse. Le lundi après l'école, Marie filait à un cours de danse. Le mercredi, celui-ci était un peu plus tard dans la soirée, et le samedi, en plein milieu d'après-midi. À ces trois cours difficiles et exigeants, elle avait décidé d'ajouter celui de mademoiselle Geneviève, qui l'emplissait de bonheur, le vendredi soir. Elle ne l'aurait manqué sous aucun prétexte. Marie passait donc son temps à courir entre tous ces cours de danse, la classe et son travail d'écolière à la maison. Au milieu de ce parcours du combattant, elle devait faire ses devoirs. Parfois elle récitait ses leçons à Jeanne dans le métro, entre deux bouchées de pain au chocolat. Ses seuls moments de repos se résumaient au mardi et au jeudi soir ainsi qu'au dimanche. Par chance, son feuilleton préféré – qu'elle n'aurait raté pour rien au monde –, était diffusé le mardi.

– Rappelle-moi quelque chose, ironisait Jacques à ce propos. Ton programme, là… *L'Âge heureux*… ça parle de danse, c'est bien ça ?

Mais elle ne se plaignait pas et semblait, au contraire, assumer ce rythme au mieux, donnant même l'impression qu'elle pourrait en faire davantage. Très vite, Jeanne et Jacques eurent la confirmation de ce qu'ils avaient pressenti :

allant puiser sa force tout au fond d'elle-même, Marie s'accomplissait et se dépassait dans la danse. Elle s'impliquait totalement, se donnait à fond et semblait rayonner de l'intérieur. Sa métamorphose était en marche et sautait véritablement aux yeux. Son teint pâle et son regard cerné aussi, et Jeanne se faisait du souci. Combien de temps Marie tiendrait-elle ? Ne risquait-elle pas, à un moment, de se retrouver terrassée par la fatigue ? Inquiète, sa mère l'observait et, jour après jour, elle voyait ses traits se creuser et son corps s'amaigrir.

« Elle n'a que dix ans ! pensait-elle, le cœur serré. *C'est inhumain. À ce rythme, on va droit dans le mur. »*

Alerté, Jacques s'interrogea à son tour. Les deux parents, anxieux, commencèrent à se perdre le soir en longs conciliabules.

– Ce qui est fou, c'est qu'elle ne se plaint jamais, faisait remarquer Jeanne.

– Pour ça, on peut compter sur elle, répondit son mari. Mais je ne voudrais pas qu'à force de travail ma fille perde sa santé… Laissons passer les vacances de la Toussaint et on fera le point après.

Contre toute attente, Marie redoubla d'efforts pendant les congés. On aurait dit que l'absence de cours lui donnait des ailes. Geneviève lui avait ouvert la porte de son école quand elle le souhaitait, et elle en profita pour prendre chaque jour des leçons.

– Elle progresse à une vitesse incroyable, fit remarquer l'enseignante à Jeanne à la fin d'une session. Elle s'accroche, elle en veut… C'est vraiment beau à voir.

Le matin, Marie dormait ; l'après-midi, elle allait observer les classes des danseurs adultes. Le soir, elle venait se placer d'elle-même à la barre, en première position, dans l'attente des premiers accords du pianiste.

16

Un dimanche matin, alors que la petite ballerine profitait de la grasse matinée, le téléphone sonna chez les Pietro. Au bout du fil, une voix féminine et chaleureuse se fit entendre :

– Bonjour, c'est Ludmilla Golovinoff. J'espère que je ne vous dérange pas. Depuis plusieurs semaines je souhaitais vous appeler, mais les rentrées scolaires sont toujours très chargées et difficiles à organiser. Le temps a filé et les jours ont fini par s'envoler !

Quelques instants plus tard, Jeanne Pietro entrebâillait la porte de chambre de sa fille.

– Ma petite chérie, j'ai une nouvelle qui va te faire plaisir, annonça-t-elle en s'asseyant sur le bord du lit de Marie, qui se frottait les yeux, tirée de son sommeil. Tu as deux copines qui aimeraient beaucoup t'inviter à goûter. Tu vas devoir ranger tes chaussons de danse durant tout un après-midi. Tu crois que tu vas le supporter ?

* * *

Trois jours plus tard, Émilie et Elsa guettaient avec impatience l'arrivée de leur amie. Dès qu'elles aperçurent Jeanne et Marie par la fenêtre, au bout de la rue, elles se mirent à pousser des cris de joie. La veille, elles avaient passé une partie de la soirée à imaginer l'organisation de leur après-midi : jeux de cartes, devinettes, « un, deux, trois, soleil », puzzle et dominos étaient au programme. Bien évidemment, il y avait aussi un peu de danse. Elles comptaient en outre montrer à Marie leur album de photos prises pendant les cours et les spectacles de fin d'année auxquels elles avaient déjà participé. Elles feuillèteraient aussi avec elle l'album familial, avec des photos de leur mère lorsqu'elle était danseuse professionnelle à Moscou. Enfin – ce serait le clou de la journée – elles lui ouvriraient les pages d'un carnet très précieux : celui où elles recueillaient les autographes des grands danseurs et danseuses qu'elles avaient eu la chance d'approcher. Car contrairement à Marie, elles avaient par leur mère une certaine habitude de ce milieu.

Pour l'heure, on en était aux derniers préparatifs. Le matin même, elles s'étaient levées tôt, pour avoir le temps de décorer leur chambre. Des guirlandes multicolores de papier crépon fabriquées de leurs mains couraient désormais d'un mur de la pièce à l'autre, au-dessus de leurs lits jumeaux. Enfin, elles avaient confectionné un beau et gros gâteau dont la bonne odeur de chocolat tiède s'échappait désormais de la cuisine pour flotter à travers toutes les pièces.

Quand Marie sortit de l'ascenseur, les jumelles se précipitèrent vers la porte d'entrée. Avant même que leur amie ait pu pénétrer dans l'appartement, les deux sœurs se jetèrent sur elle, l'enlaçant avec des cris et des rires. Il y avait une telle gaieté et un tel enthousiasme dans ces effusions que Marie ressentit soudainement un soulagement intense. Pour la première fois depuis la rentrée, elle se sentait légère et totalement insouciante avec des filles de son âge. Ses paroles exprimèrent spontanément ce sentiment de bien-être.

– Je ne m'en étais pas rendu compte, constata-t-elle, mais en fait j'ai bien l'impression que vous m'avez manqué !

Ce furent ses premiers mots. Les suivants se perdirent dans une avalanche de paroles, prononcées tour à tour par Émilie et par Elsa, mais le plus souvent par les deux sœurs en même temps.

– On a tellement de trucs à te raconter !

– Comment tu vas ? Toi aussi, tu nous as manqué !

– On prend des cours avec maman…

– J'ai une paire de chaussons trop beaux ! Couleur chair… T'as déjà vu ça ?

– Est-ce que tu aimes le gâteau au chocolat ?

– Tu es retournée à l'Opéra ?

– Tu as vu le dernier épisode de *L'Âge heureux* ? Qu'est-ce que tu penses de l'attitude de Tessa ?

– Au dernier cours de maman, il y a une fille qui a fait un grand écart facial d'un seul coup, sans échauffement, comme si c'était super fastoche !

– Tu connais la musique du *Lac des cygnes* ? On peut la mettre, si tu veux, on a le disque…

– Oui, et un tourne-disque dans la chambre.

– On a *Casse-Noisette* aussi… Et *La Sylphide*… Et *Roméo et Juliette*…

Ludmilla Golovinoff referma la porte du couloir sur ce déluge de paroles.

– Merci pour les fleurs, madame Pietro, dit-elle en saisissant le bouquet que Jeanne venait de lui tendre. Eh bien, je crois qu'elles ont tellement de choses à se dire que nous allons avoir largement le temps de faire connaissance toutes les deux…

– Je pense qu'on peut compter une bonne demi-heure, ironisa Jeanne, aussitôt complice. Et d'ailleurs peut-être que nous pourrions faire comme nos filles et nous tutoyer ?

Les deux mères s'installèrent tranquillement dans le salon pour prendre une tasse de thé.

– Les filles ont également chorégraphié un petit spectacle qu'elles nous montreront tout à l'heure, reprit Ludmilla.

– Ça tombe bien parce que Marie aussi a préparé quelque chose… Elle a inventé une petite variation*, je crois.

Ludmilla se mit à rire.

– Au moins, on peut compter sur nos filles pour ne jamais oublier qu'elles veulent devenir danseuses…

Une partie de l'après-midi passa en bavardages et éclats de rire, puis arriva, comme prévu, le moment des spectacles.

– Attention, mesdames et messieurs… avertit Émilie en mettant un premier disque.

Chacune des filles présenta alors un solo de son invention. Elsa fut particulièrement applaudie quand elle réussit à tenir une attitude sur demi-pointe pendant presque trente secondes. Émilie, elle, avait trouvé une manière originale d'imiter les différentes manières de se déplacer d'un cheval : au pas, au trot, au galop et encore au pas, lorsque la bête rentrait à l'écurie, épuisée par une journée entière d'exploration à l'extérieur de son haras.

– Génial ! s'écria Marie. Il faudrait que tu refasses la même chose un jour devant ma meilleure amie. Elle s'appelle Tina et elle est passionnée par les chevaux. Je te la présenterai. Je suis sûre que ta chorégraphie lui plaira beaucoup…

Quand ce fut à son tour, Marie créa la surprise en se présentant les pieds nus face à son public.

– Je vais faire une danse de mon invention qui s'appelle *Carnaval* !

Son savant mélange de classique et de déhanchés brésiliens enthousiasma tout le monde. Émilie bondit sur ses pieds pour la rejoindre et l'imiter.

– C'est trop génial, cette danse, j'adore !

– C'est mademoiselle Geneviève, ma prof de danse préférée, qui nous a montré ça, expliqua Marie.

Ludmilla se tourna vers Jeanne.

– Votre fille a l'air d'avoir un sacré caractère ! Et quand je dis ça, c'est un compliment, bien sûr ! finit-elle.

La suite de l'après-midi fut légère et sucrée, suave et chocolatée comme le gâteau que les jumelles avaient confectionné. Cette fois, contrairement aux prévisions de leurs mères, les filles oublièrent pour quelque temps leurs projets d'avenir. Émilie venait d'attaquer sa deuxième part de gâteau quand un souvenir lui revint :

– Quand je pense que cette fille, à l'audition… Comment elle s'appelait déjà ? Quand je pense qu'elle m'a traitée de hamster !

– Non, intervint Elsa entre deux bouchées,

elle a dit que tu avais des bajoues de hamster… À vrai dire, si elle nous voyait, là, tout de suite, en train de nous goinfrer, elle dirait peut-être la même chose.

– Pfff ! OK, je sais que je suis plus joufflue que toi, mais on est les seules à avoir le droit de le dire, pas vrai, Elsa ?

– Exactement, acquiesça sa sœur. Et si jamais elle disait encore un truc pareil, moi, je la traiterais de… c'était quoi, déjà, les initiales qu'on avait inventées ?

– TTPPQ comme « Tu-te-prends-pour-qui » ! s'exclama Marie. C'est toi qui avais trouvé ça. Tu m'as tellement fait plaisir…

Il n'en fallait pas plus pour provoquer de nouveaux éclats de rire. Cette fois, le souvenir pénible de l'audition s'était totalement transformé pour laisser place aux petits détails cocasses que les filles se rappelaient.

– Et si on allait finir l'après-midi au parc ? proposa Ludmilla Golovinoff. Je crois que ça fera du bien à tout le monde de marcher un peu et de prendre l'air, non ?

La petite troupe gagna le square le plus proche et les filles se précipitèrent aussitôt sur les balançoires et la cage à poules. On sentait qu'elles n'avaient plus eu l'occasion de jouer ainsi depuis longtemps. Leurs mères échangèrent des regards entendus.

– Je ne t'ai pas raconté comment c'était, lorsque j'étais petite danseuse à Moscou… commença Ludmilla sur le ton de la confidence. Franchement, j'ai longuement hésité à laisser mes filles suivre mes traces…

– Ah bon ? s'alarma Jeanne. Mais pourquoi ?

– Disons que j'ai connu le bon et le mauvais côté. Le bon quand il y a un spectacle et qu'on y participe. C'est magique ! Magnifique ! Mais l'autre côté, c'est la dureté du métier et des professeurs… Le corps souffre beaucoup, souvent… Et il n'y a pas de place pour la pitié.

– Nous aussi, nous avons hésité, Jacques et moi. Et puis en voyant Marie… On s'est dit qu'elle avait… je ne sais pas… une sorte de flamme.

– Pour mes filles, c'est un peu la même chose. Surtout pour Elsa. Émilie, elle, prend les choses plus à la légère, même si elle est tout autant passionnée. Au fond, je veux surtout qu'elles aient une belle vie.

Jeanne hésitait à lui poser la question qui lui brûlait les lèvres.

– Et en fin de compte, tu as… arrêté ? À cause de cette dureté dont tu parles ?

– Oh non ! J'ai continué. Et même ici, en France. J'étais en tournée quand j'ai rencontré mon fiancé… le père des jumelles. C'est une longue histoire, finit-elle. Je te la raconterai un jour… Et j'ai découvert l'enseignement de la danse. Là, on peut adoucir un peu les choses. Si tu veux que je donne des cours à ta fille… Pour elle, ce sera gratuit.

– Oh, formidable ! répondit Jeanne reconnaissante. Je n'en espérais pas tant !

Elle s'interrompit car les filles venaient de débouler du fond du parc, courant vers leurs mères. Elles se mirent à crier, toutes en même temps.

– Maman ! Maman ! Devine ! fit Marie, haletante.

– On vient de voir cette fille… TTP… Euh… Aurore… La méchante ! ajouta Émilie, tout aussi essoufflée. Elle habite le quartier, de l'autre côté du square… C'est fou, non ?

– Aurore Bessier ? questionna Jeanne. La fille de l'audition ?

– Très bien. Elle a le droit d'habiter quelque part, tout de même, vous savez, dit Ludmilla d'un ton pondéré. Et même de se promener dans le même parc que nous.

– Ce n'est pas ça, reprit Émilie. Elle nous a regardées et elle a dit : « Salut ! Alors, on se donne rendez-vous en janvier ? » Et juste après, elle nous a tourné le dos.

– Ah bon ? fit Jeanne Pietro. Je croyais qu'elle n'était pas prise à l'École de danse…

– Nous aussi, fit sa fille. Alors on lui a couru après et on lui a demandé… Mais en fait…

– En fait, poursuivit Elsa, elle a répété la même chose : « Rendez-vous en janvier. »

– Et elle avait un air trop bizarre, fit Émilie. Je n'ai même pas pensé à la traiter de TTPPQ…

– De quoi ? s'enquit Ludmilla.

– Oui, confirma Marie, évitant la question. Bizarre et méchante, genre : c'est moi la plus belle.

– Mais comment elle a fait ? Elle a bien de la chance… fit remarquer Jeanne, qui ne savait pas quoi dire.

Marie fusilla sa mère du regard.

– Maman, tu fais comme si c'était une bonne nouvelle. Elle a peut-être de la chance, mais pour moi c'est une malchance terrible. C'était la fille la moins sympa de tout le concours. Ça va être horrible, oui ! Tu aurais vu comment elle nous regardait… Toute fière, là… Ça va être l'enfer !

– Oh là, là, soupira alors Jeanne.

– Aïe, aïe, aïe ! ajouta Ludmilla.

– Crotte alors ! C'est pas du jeu… fit Elsa.

– Cette horreur d'Aurore… Ça ne va pas être de la tarte, ajouta Émilie.

– Non mais franchement, cette fille, elle se prend pour qui ? soupira Marie.

Le ciel venait de s'obscurcir et un coup de tonnerre se fit brusquement entendre, tandis qu'un éclair zébrait le ciel. Presque aussitôt, de grosses gouttes commencèrent à tomber, dispersant rapidement les promeneurs. Les trois filles et leurs mères regagnèrent au plus vite la sortie du parc, puis s'embrassèrent avant de se quitter. L'orage soudain sonnait comme un rappel à l'ordre : il faudrait bientôt cesser de rire. Les choses sérieuses allaient commencer.

Dans la tête de Marie, les interrogations se multipliaient : comment Aurore avait-elle fait pour être finalement prise à l'École de danse ? Était-ce parce qu'elle s'appelait Bessier ? Avait-elle supplié pour avoir malgré tout une place dans l'école où sa tante occupait un poste si important ? Ses parents étaient-ils intervenus ? Comment les choses se passeraient-elles quand elles se retrouveraient dans la même classe ? Toutes ces questions avaient gâché la fin de journée de Marie et obscurci ses pensées. Avoir cours avec « cette horreur d'Aurore » lui paraissait soudain au-dessus de ses forces.

Elle venait de se mettre au lit lorsque le

téléphone sonna. Après s'être excusée de déranger la famille Pietro, Émilie demanda à parler à son amie.

– Tu sais quoi ? chuchota-t-elle à Marie dès qu'elle eut pris le combiné. Je suis avec Elsa. On a beaucoup discuté d'Aurore et finalement on a deviné pourquoi elle a été prise à l'École de l'Opéra…

– Et pourquoi ? demanda Marie en adoptant au bout du fil le même ton d'agent secret.

– Elle a dû éliminer une fille.

Les yeux de Marie s'élargirent dans la pénombre.

– Éliminer ? hésita Marie.

– Oui. Parfaitement.

– Tu veux dire…

– Oui, tu as compris ce que je veux dire. Le jour du rendez-vous avec les parents, mademoiselle Bessier a dit à maman : « Vos filles sont sélectionnées. À moins d'un accident, elles nous rejoindront pour un stage de six mois à partir de janvier »…

Marie étouffa un cri.

– Oh ! C'est vrai ! Elle a dit la même chose à maman. Je me souviens…

– Alors tu vois… « À moins d'un accident »… Tu imagines ? Ils n'ont pas le droit de la préférer à cause de son nom… Mais si jamais il manque une élève…

– Oh là, làààà ! s'écria Marie. Tu crois qu'Aurore a… qu'elle a…

Puis, voyant sa mère approcher, elle mit fin à la conversation.

– Je dois te laisser…

– Nous aussi ! Mais il faudra qu'on en parle bientôt. C'est peut-être très grave ! On ne va pas la laisser faire…

– On se verra au cours de danse de votre maman, conclut Marie avant de raccrocher.

Ce soir-là, elle mit du temps avant de trouver le sommeil, imaginant toutes les choses terribles qu'Aurore était sans doute capable de faire pour se débarrasser de ses rivales. Cela faisait froid dans le dos. Il faudrait se méfier de cette fille. Décidément, l'année qui s'annonçait n'allait pas être « de la tarte », comme avait dit Émilie…

Marie sombra finalement dans un sommeil en noir et blanc, curieusement peuplé de danseuses aux pieds dans le plâtre et de détectives soupçonneux. Les dialogues se composaient uniquement de questions, et la seule musique qui se faisait entendre était le ronronnement lancinant d'une sirène d'ambulance. Quel cauchemar !

Adage : Suite de mouvements amples exécutés sur un tempo lent.

Attitude : Position dans laquelle le danseur a une jambe au sol et l'autre pliée en l'air, assez haut.

Battement : En partant de la cinquième ou troisième position, on lance la jambe à l'avant, à l'arrière ou sur le côté. Le battement se conclut par la cinquième position des jambes.

Batterie : Ce terme désigne les mouvements des jambes qui s'entrechoquent une ou plusieurs fois pendant un saut. On peut parler de « petite batterie » ou de « grande batterie ».

Déboulé : Un enchaînement rapide de tours, passant par la première et la cinquième position sur demi-pointes.

Dégagé : L'action de tendre une jambe, en avant, en arrière ou sur le côté, pointe de pied tendue et au sol.

Demi-pointes : C'est le nom des chaussons souples de danse. « Demi-pointe » désigne aussi une position intermédiaire entre pied plat et pointe, où le pied est soulevé sur les phalanges.

Développé : C'est un mouvement qui consiste à « développer », c'est-à-dire à monter et à tendre une jambe à la suite d'un retiré (quand on glisse sa jambe le long de l'autre).

En-dehors : Un mouvement circulaire de la jambe, qu'elle soit à terre ou en l'air, dans le sens des aiguilles d'une montre.

Entrechat : Il s'agit d'un saut pendant lequel les pieds « battent » l'un contre l'autre.

Fondu : Un pas que l'on commence avec les deux jambes pliées, on les tend ensuite en une fois et on termine comme un développé, avec une jambe tendue.

Fouetté : Il existe différents types de fouetté, selon que l'on saute ou non, que l'on soit sur pointes ou demi-pointes. Lors d'une pirouette, on plie une jambe, et l'autre, en l'air, fait un quart de rond de jambe et repart en retiré.

Glissade : Un pas de déplacement où l'on enchaîne plié, dégagé, avant de fermer avec la deuxième jambe. Il en existe plusieurs variantes.

Grand jeté : Après avoir pris de l'élan, le danseur lance une jambe, puis l'autre. Une fois en l'air, on a l'impression qu'il fait le grand écart.

Pas de liaison : Aussi appelé « pas intermédiaire », il sert de transition d'une figure à une autre.

Pas de bourrée : Il en existe plusieurs sortes. C'est généralement un pas en trois temps que l'on utilise pour changer de pied avec un léger déplacement latéral.

Pirouette : C'est une rotation de 360 degrés que le danseur effectue sur un seul pied.

Plié : Un mouvement d'échauffement, où l'on plie les jambes en dehors.

Promenade : Un tour que l'on fait pendant un adage, à pied plat.

Rond de jambe : On part généralement d'une position fixe, les deux pieds au sol, puis on pointe devant soi, soit en dessinant un demi-cercle vers l'extérieur, soit en passant par une seconde en arrière. On peut aussi parler d'un rond de jambe en l'air.

Saut de chat : Un saut sur le côté, où l'on lève les genoux à hauteur de la poitrine, les deux jambes pliées.

Variation : Une chorégraphie effectuée par un danseur qui évolue en solo.

Table des matières

Direction littéraire
Laurie Beck

Composition
PRESS·PROD

IMPRIM'VERT®
PEFC 10-31-1510

Imprimé en France
par Corlet imprimeur
14110 Condé sur Noireau
en décembre 2017
N° d'imprimeur : 193277

Dépôt légal : janvier 2018

ISBN : 978-2-7499-3327-6
LAF : 2416 A